# 卡利古拉

[法] 阿尔贝·加缪 —— 著
甘露 —— 译

ALBERT CAMUS

CALIGULA

文匯出版社

**图书在版编目（CIP）数据**

卡利古拉 / （法）阿尔贝·加缪（Albert Camus）著；甘露译. -- 上海：文汇出版社，2025.7. -- ISBN 978-7-5496-4540-4

I. I565.35

中国国家版本馆 CIP 数据核字第 20255WU375 号

# 卡利古拉

| 作　　者 | ［法］阿尔贝·加缪 |
| --- | --- |
| 译　　者 | 甘　露 |
| 责任编辑 | 徐曙蕾 |
| 特邀编辑 | 刘苑莹 |

| 出版发行 | 文匯出版社 |
| --- | --- |
| | 上海市威海路 755 号 |
| | （邮政编码 200041） |
| 经　　销 | 全国新华书店 |
| 印刷装订 | 上海盛通时代印刷有限公司 |
| 版　　次 | 2025 年 7 月第 1 版 |
| 印　　次 | 2025 年 7 月第 1 次印刷 |
| 开　　本 | 889×1240　1/32 |
| 字　　数 | 90 千 |
| 印　　张 | 5.25 |

ISBN 978-7-5496-4540-4

定　　价　32.00 元

目 录

卡利古拉 001

我为什么搞戏剧？ 139

译后记 150

# 卡利古拉

《卡利古拉》(*Caligula*)于1945年在埃贝尔托剧院首次演出,剧院经理雅克·埃贝尔托,导演保罗·厄特利,布景路易·米克尔,服装玛丽·维顿。

# 演员表

卡利古拉（罗马皇帝）——————— 热拉尔·菲利普
卡索尼娅（卡利古拉的情人）——————— 玛尔戈·利翁
埃利孔（卡利古拉的仆人、亲信）——————— 乔治·维塔利
西皮翁（诗人）——————— 米歇尔·布凯（前）
乔治·科尔米耶（后）
舍雷亚（贵族）——————— 让·巴雷尔
塞内克图斯（老贵族）——————— 乔治·萨亚尔
梅泰卢斯（贵族）——————— 弗朗索瓦·达尔邦（前）
勒内·德索姆（后）
勒皮杜斯（贵族）——————— 亨利·杜瓦尔
奥克塔维乌斯（贵族）——————— 诺贝尔·皮埃洛
帕特里西乌斯（宫廷总管）——————— 费尔南·利斯
梅勒伊亚（贵族）——————— 居伊·法维耶尔
穆西乌斯（贵族）——————— 雅克·勒迪克
卫士之一 ——————— 让·厄特利
卫士之二 ——————— 让·丰特诺
仆人之一 ——————— 乔治·卡米耶（前）
达尼埃尔·克鲁埃（后）
仆人之二 ——————— 让-克洛德·奥尔莱

| | |
|---|---|
| 仆人之三 | 罗歇·萨尔泰尔 |
| 穆西乌斯之妻 | 雅克利娜·埃贝尔 |
| 诗人之一 | 乔治·卡米耶（前） |
| | 达尼埃尔·克鲁埃（后） |
| 诗人之二 | 让-克洛德·奥尔莱 |
| 诗人之三 | 雅克·勒迪克 |
| 诗人之四 | 弗朗索瓦·达尔邦（前） |
| | 勒内·德索姆（后） |
| 诗人之五 | 费尔南·利斯 |
| 诗人之六 | 罗歇·萨尔泰尔 |

舞台背景为卡利古拉的皇宫。

第一幕与后续几幕之间有三年的间隔。

# 第一幕

## 第一场

〔皇宫大厅里,几名贵族聚集于此,其中一位年事颇高。他们显得烦躁不安。

贵族之一　　依旧杳无音信。

老贵族　　　晨起杳无音信,入夜音信皆无。

贵族之二　　整整三天了。

老贵族　　　信使出去又回来,个个摇头,说的全是:"不见踪影。"

贵族之二　　整个郊区都寻遍了,一点办法都没有。

贵族之一　　何必提前担心?等着吧。或许他怎么走的,就怎么回来了。

老贵族　　　我亲眼看见他走出皇宫。他的眼神不大对劲。

贵族之一　　那时我也在场。我还问过他,发生了什么事儿。

贵族之二　　他回答了吗?

贵族之一　　只回答了一句:"没有。"

〔过了一会儿,埃利孔吃着洋葱上。

贵族之二　　(依旧焦躁不安)可真叫人担心。

贵族之一　　算啦,年轻人都这样。

老贵族　　　显然,岁月会把一切都抹去。

贵族之二　　您这么想?

贵族之一　　但愿他能忘了。

老贵族　　　当然啦!失去一个心上人,又会找到十个新的爱人。

埃利孔　　　您怎么知道他是因为爱情?

贵族之一　　不然还能有什么别的原因?

埃利孔　　　也许是肝病的缘故。再不然,就是单纯瞧厌了你们这些整日对着的面孔。咱们这辈人,要是时常能换换嘴脸,或许更能让人忍受一些。可这却是不可能的,像是一成不变的菜谱,永远是那道烩肉块。

老贵族　　　要我说,最好还是因为爱情。这样更令人同情。

| | |
|---|---|
| 埃利孔 | 也更加让人放心，可以说是十足地放心了。爱情的病症，任你是聪明还是愚笨，都逃脱不得。 |
| 贵族之一 | 所幸，不管怎么说，悲伤都不是永恒的。任他再悲痛，又能超过一年的时间吗？ |
| 贵族之二 | 我反正是不能。 |
| 贵族之一 | 谁也没有这种本事。 |
| 老贵族 | 要是一直悲伤下去，人还怎么活？！ |
| 贵族之一 | 您看得明白。拿我来说，去年丧妻，我着实流了不少眼泪，但过后也就淡忘了。时而心里还有点儿难受。不过，总体而言，这难受已经不算什么。 |
| 老贵族 | 大自然总有它的安排。 |
| 埃利孔 | 可是，我一看到你们，就感觉大自然还是有所遗漏。 |

〔舍雷亚上。

| | |
|---|---|
| 贵族之一 | 如何了？ |
| 舍雷亚 | 依旧杳无音信。 |
| 埃利孔 | 冷静一点，先生们，冷静。至少表面上得是如此。我们就是罗马帝国。假如我们丢了脸面，帝国就会 |

|  |  |
|---|---|
|  | 失去理智。现在还不是时候，绝对不是！在此之前，我们先去吃饭吧。咱们吃饱了，帝国才会更好。 |
| 老贵族 | 这话没错，不能只顾虚影，反而放跑了猎物。 |
| 舍雷亚 | 我不喜欢这样。不过，这些年日子过得太好。咱们这位皇帝也太过完美。 |
| 贵族之二 | 是啊，该有的样子他都有：做事一丝不苟，却缺乏经验。 |
| 贵族之一 | 不过，你们到底是怎么了？为什么要发出这种哀叹呢？他也没非要改变现状呀。他爱德鲁西娅[1]，这是毫无疑问的。但话又说回来，那毕竟是他妹妹。和亲妹妹同床共枕，这已经够过分了。如若因她死了就把罗马搞得天翻地覆，这可就越界了。 |
| 舍雷亚 | 话虽如此，我还是讨厌这种状况。对于他此次出走的意图，我是一点儿也摸不清。 |
| 老贵族 | 是啊，空穴来风，事出有因。 |
| 贵族之一 | 不管怎样，帝国的理智绝不允许这种染上悲剧色彩的乱伦行为。乱伦嘛，不是不可以，但只能是偷偷的。 |

---

[1] 卡利古拉的妹妹和情人。

埃利孔　　　您知道的，乱伦，总免不了要引起流言蜚语。恕我冒昧打个比方，就算是床板也会咯吱作响嘛。再说了，谁告诉您，一准儿就是因为德鲁西娅呢？

贵族之二　　所以又会是什么原因呢？

埃利孔　　　您猜。但请您记住了：不幸，就像婚姻一样。人们以为自己是在挑选别人，却是在被别人挑选。事情就是这样，谁也拿它没办法。我们的卡利古拉感到不幸，或许他连为什么不幸都不知道！他大概是觉得自己受到了束缚，于是选择逃离了。换了我们，也都会像他那样干。没错，我就敢这么说，若是我能自己选择父亲的话，恐怕到现在还没有出世呢。

〔西皮翁上。

| 第二场 |

舍雷亚　　如何了？

西皮翁　　还是一点儿消息都没有。昨天夜里，就在这附近，几个农民好像看见他在暴雨中奔跑。

〔舍雷亚转身朝贵族们走来。西皮翁跟在他身后。

舍雷亚　　算起来已经整整三天了吧，西皮翁？

西皮翁　　是啊。当时我就在场，还像往常那样伴随他左右。他朝着德鲁西娅的遗体走去，用两根手指碰了碰她，接着若有所思，在原地转圈。之后他便步伐平缓地走了出去。从那以后，就再也找不到他的踪影了。

舍雷亚　　（摇摇头）这个年轻人未免太活在文学里了。

贵族之二　在他这个年龄，倒也不奇怪。

舍雷亚　　然而这不合乎他的身份。一个艺术家皇帝，这说得过去吗？当然了，这样的皇帝，我们也有过一两个。害群之马嘛，哪里都有的。不过，剩下的皇帝都识大体，能够忠于他们的职责。

贵族之二　这样天下才会更安宁。

老贵族　　每个人都有自己的职责嘛。

西皮翁　　　现在怎么办呢，舍雷亚？

舍雷亚　　　毫无办法。

贵族之二　　等等看吧。万一他不回来，那就必须有人代替他。我们之中，能当皇帝的大有人在。

贵族之一　　的确，我们倒是不缺人，只是缺乏某种特质。

舍雷亚　　　他若是人回来了，头脑却不正常了呢？

贵族之一　　老天爷，他还是个孩子呢，咱们就来开导开导他。

舍雷亚　　　他若是听不进去道理呢？

贵族之一　　（笑）那好办！我从前不是写过一篇论"改变"的文章吗？

舍雷亚　　　到了万不得已的地步，当然可以这样做！不过，我还是希望能够安安稳稳地看我的书。

西皮翁　　　对不起，失陪了。

〔西皮翁下。

舍雷亚　　　他生气了。

老贵族　　　他是个孩子嘛。年轻人都惺惺相惜。

埃利孔　　　相惜还是不相惜，他们总是要老的。

〔一名卫士上，说道："有人在皇宫花园里看见卡利古拉了。"众人下。

| 第三场 |

〔空场几秒钟。卡利古拉从左侧悄悄上。他神态迷茫,衣衫脏乱,头发湿漉漉的,双腿沾满泥水,几次抬手捂住嘴。他朝镜子走去,一看见自己的影像,便停下脚步。他咕噜着几句含混不清的话,随后走到右侧坐下,双腿叉开,胳膊垂放在中间。埃利孔从左侧上,发现卡利古拉。他停在舞台左端,默默地观察。卡利古拉扭过头去,瞥见了埃利孔。冷场片刻。

| 第四场 |

埃利孔　　（从舞台一端走到另一端）你好,卡伊乌斯[1]。
卡利古拉　（口气自然地）你好,埃利孔。

〔一阵静默。

埃利孔　　你看起来很疲惫?
卡利古拉　我走了很长的路。
埃利孔　　是啊,你离开了很久。

〔一阵安静。

卡利古拉　实在难找。
埃利孔　　找什么?
卡利古拉　我想要的东西。
埃利孔　　你想要什么?
卡利古拉　（始终神情自然）月亮。

---

1　即卡利古拉。

埃利孔　　什么?

卡利古拉　是的,当时我想要月亮。

埃利孔　　啊!

〔一阵安静。埃利孔走到他面前。

埃利孔　　你要月亮干什么呀?

卡利古拉　还用问!……这是我没有的东西啊。

埃利孔　　当然不会有了。现在呢,你得偿所愿了?

卡利古拉　没有,我还是未能得到。

埃利孔　　真让人头疼。

卡利古拉　是啊,正因如此我才这样疲惫。

〔一阵安静。

卡利古拉　埃利孔!

埃利孔　　是的,卡伊乌斯。

卡利古拉　你以为我疯了。

埃利孔　　你是知道的,我从来不动脑子,我很清楚这没什么意思。

卡利古拉　　好，就算这样吧！其实我并没有疯，甚至可以说，我现在比什么时候都更清醒。说来简单，我突然产生了一种想法，想要得到不可能得到的东西。（停顿）事情，以它们现在的这种状态，似乎满足不了我了。

埃利孔　　这种想法相当普遍。

卡利古拉　　的确如此。可从前我就不知道。现在我明白了。（始终神态自若）这个世界，就它目前的状态，实在让人难以容忍。因此我需要月亮，或幸福，或永生，或是某种癫狂的东西，只因为它是这个世界所没有的。

埃利孔　　这样的推理站得住脚。不过，一般来说，人不可能坚持到底。

卡利古拉　　（起身，带着一如既往的天真）你什么都不知道。正是因为人从来未能坚持到底，才最终一无所获。也许，只要遵循逻辑，有始有终就行了。

〔他注视埃利孔。

我也知道你心里在想什么。不过是死掉一个女人，引来多少麻烦事！不，不是这样的。我好像还记得，的确，我爱的一个女人，她在几天前死了，然而爱情又是什么呢？微不足道的玩意儿。我向你发誓，这没什么大不了的；她的死不过是一种真理的标志，这个真理让我感到，月亮是必不可少的。这一真理极其简单，极其明了，近乎愚蠢，但它很难被察觉，甚至有些沉重。

埃利孔　　这个真理到底是什么呀，卡伊乌斯？

卡利古拉　　（扭过头去，语气没有波澜）人必有一死，他们并不幸福。

埃利孔　　（停顿片刻）算啦，卡伊乌斯，对于这个真理，大家都安之若素。看看周围吧，人们还不是照样穿衣吃饭。

卡利古拉　　（突然发作）这就是说，我周围的一切，全是虚设，而我，就是要让人们生活在真实之中！恰好我有这种手段，能够让他们在真实中生活。因为，埃利孔，我知道他们缺少什么。埃利孔，他们缺乏认识，还缺乏一位言之有物的老师。

埃利孔　　卡伊乌斯，对于我接下来要跟你说的话，希望你不要见怪。不过你首先还是该休息一下。

卡利古拉　　（坐下，平心静气地）这不可能，埃利孔，今后永远都不可能了。

埃利孔　　　这又是为什么?

卡利古拉　　如果我睡着了,谁来给我摘月亮呢?

埃利孔　　　(沉默片刻)这倒是个问题。

〔卡利古拉站了起来,显然有些吃力。

卡利古拉　　听着,埃利孔。我听见了脚步声,还有人说话。你一定要守口如瓶,把见到我这件事儿忘掉。

埃利孔　　　我明白的。

〔卡利古拉朝出口走去,随后又转过身来。

卡利古拉　　还有,从今往后,请你帮助我。

埃利孔　　　我没有理由不听你的,卡伊乌斯。不过,我知晓的事情很多,其中令我感兴趣的却很少。我能怎么帮到你呢?

卡利古拉　　帮我办不可能的事情。

埃利孔　　　我会尽力而为。

〔卡利古拉下。西皮翁和卡索尼娅上。

| 第五场 |

西皮翁　　　一个人影儿都没找到。你没看见他吗,埃利孔?

埃利孔　　　没有。

卡索尼娅　　埃利孔,他出走之前,真的什么也没有跟你讲吗?

埃利孔　　　我又不是他的心腹,不过是个旁观者,这不是很正常吗?

卡索尼娅　　求你了。

埃利孔　　　亲爱的卡索尼娅,卡伊乌斯是个理想主义者,这人人都知道。也就是说,他还没有把事情看透。而我呢,早就看透了,因此,什么事儿我也不管。但假如卡伊乌斯开始醒悟了,他有一颗年轻善良的心,是什么都要管的。那样一来,天晓得我们要为此付出多大代价。哦,抱歉,我要去吃饭啦!

〔埃利孔下。

| 第六场 |

〔卡索尼娅疲倦地坐下。

卡索尼娅　一名卫士曾经看见他经过。全罗马人到处都能看见卡利古拉的身影。可是卡利古拉呢,他只看得见自己的念头。

西皮翁　什么念头?

卡索尼娅　我怎么知道呢,西皮翁。

西皮翁　是指德鲁西娅吗?

卡索尼娅　谁说得准呢?不过他确实爱着德鲁西娅。昨天还紧紧搂在怀里的人,今天眼看着咽了气,也的确让人难过。

西皮翁　(胆怯地)那你呢?

卡索尼娅　哦!我呀,我是他的老情妇罢了。

西皮翁　卡索尼娅,一定要救他呀。

卡索尼娅　怎么,你爱他呀?

西皮翁　我爱他。他对我很好。他鼓励我,我心中铭记着他的一些话语。他对我讲过,生活不容易,但是世间还有宗教、艺术,还有别人对我们的爱。他常常说，给别人带去痛苦只是自误。他想做个公正的人。

**卡索尼娅** （站起身）那时他还是个孩子。

〔她走向镜子，对着镜子端详自己。

除了我自己的身体，我从来不信其他神明。今天，我要祈求这个神明，保佑卡伊乌斯回到我身边。

〔卡利古拉上。他看到卡索尼娅和西皮翁，犹豫了一下，退出去。与此同时，贵族们和宫廷总管从对面上，他们停下脚步，愣在那里。卡索尼娅回头望去，和西皮翁跑向卡利古拉。卡利古拉摆摆手，制止他俩。

| 第七场 |

总管　　　（语气不安）我们……我们正在找您呢，陛下。

卡利古拉　（声音短促而变调）我知道。

总管　　　我们……也就是说……

卡利古拉　（粗暴地）你们想要什么？

总管　　　我们很担心，陛下。

卡利古拉　（逼近总管）谁给你们的权力？

总管　　　啊！这个……（灵机一动，口齿利落起来）是这样，其实您也知道，是国库的几个问题，需要您处理一下。

卡利古拉　（禁不住一阵大笑）国库？这倒是真的。唔，国库，这可是国家大事。

总管　　　的确如此，陛下。

卡利古拉　（一直笑着，对卡索尼娅）是不是，亲爱的？国库非常重要吧？

卡索尼娅　不对，卡利古拉，这是个次要问题。

卡利古拉　这说明你是外行。国库关系重大。财政、公共道德、对外政策、军需装备和土地法令，全部关系重大！告诉你吧，没有不重要的！罗马的兴盛和

|  |  |
|---|---|
|  | 你的关节炎病痛，都是同等重要的。嗯！这些我都要过问。听我说，总管。 |
| 总管 | 我们都听着呢。 |

〔贵族们走上前。

| 卡利古拉 | 你对我忠心耿耿，对不对？ |
|---|---|
| 总管 | （责怪的口气）陛下！ |
| 卡利古拉 | 那好，我有一项计划，要交与你去办。我们要分两个阶段打乱政治经济学。总管，我来向你解释……贵族们先出去。 |

〔贵族们下。

| 第八场 |

〔卡利古拉在卡索尼娅身边坐下。

**卡利古拉**　你听仔细了。第一阶段:所有贵族,所有帝国里拥有财富的人——不管财富多寡,一律照此办理——他们必须取消子女的财产继承权,并且当即立下遗嘱,将财产捐献给国家。

**总管**　可是,陛下……

**卡利古拉**　我还没允许你讲话呢。我们将根据需要,随机列出一张名单,将名单上的人依次处死。根据情况,我们也可以改变名单的顺序,当然还是随机的。然后,我们会继承他们的财产。

**卡索尼娅**　(抽开身)你怎么啦?

**卡利古拉**　(不动声色地)实际上,处决顺序无关紧要。或者确切地说,处决每个人都具有同等的重要性,因而也就丧失了重要性。再说了,他们个个都有罪。此外还要提醒你们注意:直接窃取民财,或是往民用必需品价格里偷偷塞间接税,这两种手段都不道德,不分高下。众所周知,统治,就是掠夺。

当然，这也有个方式的问题。至于我，我要明火执仗地掠夺，这样，就会改变你们小本经营的方式。（对总管，粗暴地）你要立刻执行这些命令，刻不容缓！今天傍晚，罗马全体公民必须签署遗嘱，至于外地公民，最迟一个月内签署。派人去宣告吧。

**总管** 陛下，您不明白……

**卡利古拉** 好好听着，蠢货！相比国库，人命不那么重要。这再清楚不过。凡是和你看法一致的人，既然他们把金钱看作一切，就不能不同意这种推论，也就是说，自己的生命是一文不值的。总而言之，我决定遵循逻辑。既然我有这个权力，你们很快就会看到，这种逻辑将会让你们付出多大代价。我要铲除自相矛盾者和悖论本身。如果需要的话，我会先拿你开刀。

**总管** 陛下，我向您发誓，我的诚意完全不成问题。

**卡利古拉** 我的诚意也毋庸置疑，你尽可相信。证据嘛，就是我赞同你的观点，把国库当成要认真思考的问题。总之，你应当感谢我才是，因为我加入你的赌局，接过了你手中的牌。（停下来，眼神平静）

况且,我的计划简单明了,因而十分高明、不容争辩。我给你三秒钟的时间离开。我开始数了:
一……

〔总管急急离开。

| 第九场 |

卡索尼娅　　我都认不出你了!你是在开玩笑,对吗?

卡利古拉　　不完全是,卡索尼娅,这是教导。

西皮翁　　　这是不可能的呀,卡伊乌斯!

卡利古拉　　就因为是不可能!

西皮翁　　　这话我就不明白了。

卡利古拉　　没错!问题就在于不可能,再确切点儿说,就是要使不可能变为可能。

西皮翁　　　可这场游戏没有止境。这是疯子的消遣。

卡利古拉　　不,西皮翁,这是皇帝的品德。(神情倦怠,仰身坐下)我方才终于领悟了权力的用途。权力能给不可能的事情提供实现的机会。今天,以及以后的全部时间,我的自由再也没有止境了。

卡索尼娅　　(悲伤地)卡伊乌斯,我不知道这是否值得高兴。

卡利古拉　　我也同样不知道。但是我想,这个阶段是必须经历的。

〔舍雷亚上。

| 第十场 |

舍雷亚　　听说你回来了,祝愿你身体健康。

卡利古拉　我的健康谢谢你。(停顿了一下,突然地)走吧,舍雷亚,我不愿见你。

舍雷亚　　你这话真叫我意外,卡伊乌斯。

卡利古拉　不必意外。我不喜欢文人,无法容忍他们的谎言。他们对自己的话充耳不闻。若是他们听听自己讲的话,就会明白自己一文不值,也不会信口开河了。去吧,到此为止,我讨厌假的见证。

舍雷亚　　我们就算说谎,那也往往是不自觉的。我要为自己辩护。

卡利古拉　谎言向来就没有清白的。你们的谎言抬高了人和物的身价,这正是我所不能宽恕的。

舍雷亚　　然而,我们若想在这世界上生活,就该为这个世界辩护。

卡利古拉　不必辩护,你的诉讼我已听见。世界并不重要,谁承认这一点,谁就能赢得自由。(站起身)我憎恨你们,恰恰是因为你们不自由。在整个罗马帝国里,唯独我是自由的。庆贺吧,你们终于有了一个能教给你们自由的皇帝。去吧,舍雷亚,还有你,西皮翁,友谊令我哑然失笑。去吧,向罗马人宣布,自由终归他们,接下来就是一场巨大的考验。

〔舍雷亚与西皮翁下。卡利古拉把头扭向一边。

| 第十一场 |

卡索尼娅　你哭了吗?

卡利古拉　是的,卡索尼娅。

卡索尼娅　说说看,有什么不一样的?就算你真的爱德鲁西娅,可与此同时,你也爱过我,爱过许多别的女子。可她这一死,你就跑到荒郊野外,三天三夜了,回来就换了一副仇视一切的面孔,何至于此呢?

卡利古拉　(转过头来)你真糊涂,谁告诉你是德鲁西娅的原因呢?你就不能想象一下,一个人哭泣,并不是出于爱情,而是有别的原因吗?

卡索尼娅　抱歉,卡伊乌斯。不过,我是想弄明白。

卡利古拉　人落泪,是因为事物不是它原本应有的面目。(卡索尼娅朝他走去)不要过来,卡索尼娅。(她后退)但还是留在我身边。

卡索尼娅　我完全听你的。(坐下)人到了我这样的年龄,才知道生活并不美好。可是,如果人世间有痛苦的话,为什么还要增添新的痛苦呢?

卡利古拉　你是无法理解的。增添痛苦又有什么关系?我或许能从中解脱呢。可我似乎感到无名的东西从我身体往上升。我该如何应对？（转身对着她）噢！卡索尼娅，我早就知道人可能会陷入绝望，却没真正懂得这句话的含义。我曾像所有人一样，认为这是一种心病。其实不然，它是一种肉体的折磨。我感到皮肤、胸口、四肢的灼痛，脑袋空洞、一阵恶心。最不堪忍受的，是嘴里这股味道。它不是血腥味，不是腐尸味，也不是发烧时的苦味，然而又是它们全部。我只要动一下舌头，就觉得一切变得漆黑，一切都令我厌恶。成为一个人，有多少艰难和苦涩！

**卡索尼娅** 该睡觉了，睡得久一些。应当听其自然，不要再思考了。我守着你的睡眠。等你醒来就会发现，这个世界又恢复了它的味道。你运用自己的权力，去更好地爱那些还值得爱的东西吧。能够实现的事情也很重要。

**卡利古拉** 可是要这样，就必须睡着，必须放任自流，这是不可能的。

**卡索尼娅** 人在疲乏到极点的时候，就会产生这种想法。休息一会儿，双手就又恢复力气了。

卡利古拉　　　但是必须清楚手该往哪里放。倘若我不能改变事物的秩序，不能让太阳从西边升起，不能减轻人间的痛苦，不能使人免于一死，滔天的权力于我又有什么意义呢？不，卡索尼娅，如果我无法改变世界的秩序，那么无论是睡觉还是清醒，都将毫无差异。

卡索尼娅　　　这简直是要与神明比肩。我从未见过比这还疯狂的念头！

卡利古拉　　　你也一样，一样认为我疯了。其实，神又算什么，需要我去比肩？如今，我竭尽全力追求的，是超越神的东西。我掌管一个王国，在这个王国里，不可能者为王。

卡索尼娅　　　让天空不再是天空，让一张美丽的脸变丑，让一颗心变得麻木不仁。这样的事，你办不到。

卡利古拉　　　（越来越激昂）我要让天空和大海浑然一体，要把美与丑混淆，让痛苦迸发出笑声！

卡索尼娅　　　（站到他面前，哀求地）世上有好与坏、伟大与卑下、正义与不公。我向你保证，这一切都不会被改变。

卡利古拉　　　（仍然冲动地）我志愿改变这种状况。我要将平等馈赠给这个世纪，待到一切变得水平，不可能的事情终于在大地上实现，月亮到了我的手中，到那时，我自身将会被改变，世界也随我而变，人终于不再死亡，他们将幸福地生活。

**卡索尼娅** （高声叫道）你不能否认爱情！

**卡利古拉** （发作，声调狂怒地）爱情，卡索尼娅！（抓住她的肩膀摇晃）我懂得了爱情的微不足道。那家伙说得有道理：国库！你也听到了吧？一切都以此为开端。啊！现在，我终于要生活啦！生活，卡索尼娅，生活就是爱的反面。现在，是我这样对你讲，是我邀请你参加一场没有节制的欢宴，一场全面的诉讼、最精彩的演出。因此，我需要有人，有观众，有受害者，有罪犯。

〔他扑向锣，开始敲起来，不停歇地，锣点越来越密。

（一直敲锣）将罪犯押上来。我需要罪犯。他们全都有罪。（一直敲锣）将判处死刑的罪犯全部押上来。公众，我要有我的公众！法官、证人、被告，审理之前就通通判罪！啊！卡索尼娅，我要让他们开开眼，看看这个帝国唯一自由的人！

〔在锣点声中，宫殿逐渐充满嘈杂声，声音越来越大，越来越近。一片人语声、武器撞击声、轻重不同的脚步声。卡利古拉哈哈大笑，不停地敲锣。几名卫士上，随即又下去。

（敲锣）而你，卡索尼娅，你要听命于我，要自始至终协助我。好戏将要上演，发誓帮助我吧，卡索尼娅。

| | |
|---|---|
| 卡索尼娅 | （迷茫，在锣点声中说）我无须发誓，因为我爱你。 |
| 卡利古拉 | （继续敲锣）我说什么，你都会照办。 |
| 卡索尼娅 | （同上）全部照办，卡利古拉，你停手吧。 |
| 卡利古拉 | （继续敲锣）你将残酷无情。 |
| 卡索尼娅 | （哭）残酷无情。 |
| 卡利古拉 | （继续敲锣）你将心硬如铁。 |
| 卡索尼娅 | 心硬如铁。 |
| 卡利古拉 | （继续敲锣）你也将忍受痛苦。 |

**卡索尼娅** 是的，卡利古拉。可是，我会发疯的。

〔贵族们上，目瞪口呆。宫廷侍从同时上场。卡利古拉敲了最后一下锣，他举起锣槌，转过身去，呼唤他们。

**卡利古拉** （神态失常地）全都过来，靠前来，我命令你们上前来！（跺脚）皇帝叫你们走到近前！（众人心惊胆战地向前）快点儿过来。现在，卡索尼娅，你也过来。

〔他拉起她的手，将她领到镜子前，用锣槌狂乱地抹去光滑镜面上的形象。他笑起来。

你瞧，什么都没有了。记忆不存在了。所有面孔都消失了！没有了，什么也没有了。留下来的是什么，你知道吗？再靠前点儿，你看。你们都上前来，你们看。

〔他挺立在镜前，摆出癫狂的姿势。

卡索尼娅　　（恐惧地看着镜子）卡利古拉！

〔卡利古拉变了声调，手指戳在镜子上，突然定睛凝视，用胜利的声音：

卡利古拉　　卡利古拉！

——幕落

# 第二幕

## 第一场

〔几名贵族在舍雷亚府上聚会。

**贵族之一**　他污辱我们的尊严。

**穆西乌斯**　整整三年啦!

**老贵族**　他称我小娘儿们!他拿我取笑!去死吧!

**穆西乌斯**　整整三年啦!

**贵族之一**　他终日在郊外游荡,逼着我们整晚跟在他的轿子周围跑!

**贵族之二**　他还对我们说,跑步有益健康。

**穆西乌斯**　整整三年啦!

**老贵族**　他无法为之辩白。

**贵族之三**　不能,我们不能宽恕。

**贵族之一**　帕特里西乌斯,他没收了你的财产。西皮翁,他

　　　　　　杀害了你父亲。奥克塔维乌斯，他夺走了你妻子，让她在他的妓院里接客。勒皮杜斯，他杀害了你儿子。这一切，难道你们还要忍受下去吗？至于我，我已经做出了选择。在甘冒风险与战战兢兢、让人无法忍受的生活之间，我不能犹豫下去。

**西皮翁**　　他杀害了我的父亲，就是替我做出了选择。

**贵族之一**　你们还在迟疑吗？

**贵族之三**　我们同你站在一起。他将我们在竞技场里的专座分给了平民，让我们同平民争斗，然后好更加方便地惩罚我们。

**老贵族**　　他是个懦夫。

**贵族之二**　一个厚颜无耻的人。

**贵族之三**　一个矫揉造作的人。

**老贵族**　　一个草包。

**贵族之四**　整整三年啦！

　　　　　　〔一片混乱。众人纷纷举起武器。一支蜡烛翻倒在地。桌子被撞翻。所有人冲向出口。舍雷亚上。他面无表情，制止了他们的冲动。

| 第二场 |

舍雷亚　　你们这是往哪儿跑?

贵族之三　　到皇宫去。

舍雷亚　　我完全理解你们。可是,你们以为,他会放你们进去吗?

贵族之一　　用不着请求他允许。

舍雷亚　　你们一下子都变得这样勇猛啦!我在自己家里,至少还被允许坐下吧?

〔有人把门关上。舍雷亚走向撞翻的桌子,坐在一个角上。众人转身面对他。

舍雷亚　　朋友们,没你们想的那么容易。你们现在体验到的恐惧,并不能替代你们需要的勇敢和冷静。一切为时尚早。

贵族之三　　你若是不和我们一起干,那就走开,不过要管住你的舌头。

舍雷亚　　我是在你们那一边的,然而,我的理由却与你们的不同。

贵族之三　　不要再废话了！

舍雷亚　　（站起身）的确，废话已经够多了。我希望把事情澄清。因为即使我站在你们那一边，也并不等于我同意你们的做法。你们的方法在我看来并不高明。你们没有认清自己真正的仇敌，把微不足道的动机安在他身上。他抱负远大，而你们，不过是自取灭亡。首先要看清他的真面目，然后你们才能更有效地打击他。

贵族之三　　他的真面目我们已经看清，他就是最丧心病狂的暴君！

舍雷亚　　这并不准确。疯癫的皇帝，我们也曾见识过。可是，咱们这位皇帝还没有完全疯。在他身上，我最憎恨的，就是他清楚自己要干什么。

贵族之一　　他要把我们全折磨死。

舍雷亚　　不，这还是次要的。他运用手中的权力，是为了一种更加高尚、更为致命的激情，他威胁到我们更深一层的东西。在我们国家，一个人掌握无限的权力，这或许不是第一次。但是，他毫无限制地使用这个权力，到了否定人和世界的程度，这却是破天荒的头一遭。在他身上，这才是令我恐惧的东西，也正是我要打击的东西。丢掉性命不算什么，如果需要，我也有舍生取义的勇气。然而，眼睁睁地看着人生意义化为乌有，看着生存的理由逐渐消失，这才是人无法容忍的。人生在世，不能毫无缘由。

**贵族之一**　复仇就是一种缘由。

**舍雷亚**　是啊，我也将同你们一道。不过，你们也要明白，我为的并非是你们蒙受的小小凌辱，而是为了对抗一种宏大的理念，这种理念一旦取得胜利，就意味着世界到了末日。我可以容忍卡利古拉对你们的嘲弄，但是我不能接受他的梦想，不答应他做自己梦想的一切。他要把他的哲学化作尸骨，对我们而言，不幸的是，我们找不到反对这种哲学的方法。我们无法驳斥，便只能诉诸武力。

**贵族之三**　那就应当采取行动。

**舍雷亚**　是应当有所行动。然而，他的威势还处于鼎盛时期，你们正面攻击是摧毁不了的。人们可以推翻暴政，而对于毫无利己动机的险恶用心，就必须运用计谋了。应当推波助澜，等待那种逻辑发展到荒谬的程度。再说一遍，我在这里讲这番话，完全出于诚实的心。要知道，我与你们不过是一段时间的同路人。过了这段时间，我就不再为你们效劳，而是一心盼望世界恢复和平与秩序。野心不是我行为的动机，我只是出于一种合情合理的担心，担心他非人道的激情，担心后者剥夺我生存的意义。

贵族之一　（走上前）我想我理解了，大差不差吧。关键在于，你和我们的判断一样，认为我们的社会基础动摇了。在我们看来，首先是道德问题，诸位说，对吧？家庭摇摇欲坠，工作没了尊严，整个祖国都遭到亵渎。美德在向我们呼救，我们能置若罔闻吗？总而言之，同谋者们，身为贵族却每晚都被迫跟着皇帝的轿子跑，你们能容忍下去吗？

老贵族　你们能允许他管贵族叫"我的心肝"吗？

贵族之三　你们能坐视他夺走他们的妻子吗？

贵族之二　还夺走他们的子女。

穆西乌斯　还夺走他们的金钱！

贵族之五　不允许！

贵族之一　舍雷亚，你讲得很好，也能够让我们冷静下来。现在动手还尚早：直到今天，人民还有可能会反对我们。你愿意同我们一起,等待清算时刻的到来吗?

**舍雷亚** 愿意。让卡利古拉蛮干下去吧。我们非但不劝阻,还要鼓励他,为他的疯狂大开方便之门。有朝一日,帝国尸横遍野,家家户户举丧,他也就成为孤家寡人了。

〔一片嘈杂声。外面传来号声。冷场。随后众人口口相传着一个名字:卡利古拉。

| 第三场 |

〔卡利古拉和卡索尼娅上。埃利孔和几名卫士跟着。静默。卡利古拉停住脚步,打量密谋者们,沉默地依次看过去,给这个整理一下发带扣,对另外一个退后端详,接着又扫视众人,抬起手捂住眼睛,一句话未讲就下场了。

| 第四场 |

卡索尼娅　　（指着乱糟糟的房间，讽刺地）你们打架了吗？

舍雷亚　　　我们打架了。

卡索尼娅　　（同上）为什么打架？

舍雷亚　　　我们打架没什么缘故。

卡索尼娅　　这么说，不是真的啦。

舍雷亚　　　什么不是真的？

卡索尼娅　　你们其实没有打架。

舍雷亚　　　那好，我们其实没有打架。

卡索尼娅　　（微笑）也许吧，最好把房间收拾整齐了，卡利古拉讨厌杂乱无章。

埃利孔　　　（对老贵族）你们这样干，最后非得把他逼疯不可！

老贵族　　　可是，我们究竟对他做了什么？

埃利孔　　　没有。可恰恰是什么也没有。你们一个个的唯唯诺诺到这种程度，真是前所未闻，最终会让人忍无可忍。你们设身处地为卡利古拉想一想。（冷场）自然了，刚才你们一定是在密谋，对吗？

老贵族　　　没有的事儿，大家伙瞧瞧，他想到哪儿去啦？

埃利孔　　　他不是想，他知道。不过，照我的猜测，他其实倒有点儿希望如此。好啦，帮把手，把这里收拾整齐了。

〔众人忙着收拾房间。卡利古拉上，观察。

| 第五场 |

卡利古拉　　（对老贵族）你好,我的心肝。(对其他人)舍雷亚,我决定在你的府上用餐。穆西乌斯,请允许我邀请你的妻子来参加。

〔总管拍拍手,一个奴隶上,但卡利古拉叫住了他。

卡利古拉　　稍等!各位先生,大家都知道,原先,国家财政之所以能够支撑住,只是惯性使然。从昨天开始,惯性本身已经不够了。因此,我非常遗憾,不得不精简人员。出于一种牺牲精神,我决定缩减宫廷仆役,解放几个奴隶。这种牺牲精神,肯定会得到你们的赞赏。只不过这样可就得由你们侍候用餐了。劳驾,大家摆桌子上菜吧。

〔长老们面面相觑,迟疑不决。

埃利孔　　　动起来吧,先生们,拿出点儿诚意来。再说,你们会发现,顺着社会等级往下降,要比往上升容易得多。

〔长老们迟疑地动起来。

卡利古拉　　（对卡索尼娅）对于懒惰的奴隶，按规定怎么惩罚来着？

卡索尼娅　　我想，是抽鞭子。

〔长老们动作加快，开始笨拙地布置餐桌。

卡利古拉　　来吧，认真点儿！要讲究方法，尤其要讲究方法！（对埃利孔）看他们那样子，好像没有手似的。

埃利孔　　　老实说，他们从来就没有长手，除非要用手打人，或者是发号施令。得有耐心，只能如此。培养一名长老，只需要一天，可要造就一个劳动者，得花上十年。

卡利古拉　　我真担心，要把一名长老改造成劳动者，恐怕需要二十年。

埃利孔　　　不管怎么说，总会达到的。依我看，他们就是这块料！当奴隶特别合适。（一名长老擦汗）瞧，他们甚至开始出汗了。这是阶段性的胜利。

卡利古拉　行吧，不能要求太高，这样就不错了。再说，哪怕一瞬间的公道，也是可取的。提起公道，我们必须加快步伐：有一桩案子正等着我办呢。啊！我这么快就饿了，算鲁菲乌斯运气好。（机密地）鲁菲乌斯，就是我要处死的那名骑士。（停顿）你们也不问问我，为什么要处死他呢？

〔一片沉默。在此期间，奴隶们端上饭菜。

（心情愉快地）嗯，看得出来，你们变聪明了。（嚼一颗橄榄）你们终于明白，用不着干什么事，也可以丢掉性命。士兵们，我对你们很满意。不是吗，埃利孔？

〔他停止嚼橄榄，用戏谑的神态看着宾客们。

埃利孔　当然啦！多好的一支军队啊！不过，你要想听我的意见，我倒觉得，他们现在聪明过了头，不愿意再打仗了。照这样长进下去,帝国非得倾覆不可!

**卡利古拉** 好极了,那我们就可以休息了。来吧,大家随便坐,用不着排座次。不管怎么说,那个鲁菲乌斯运气还真好。我可以断言,他不会珍视这一点儿缓刑的时间。按说,死到临头,再延缓几个小时,这是无比珍贵的。

〔他开始用餐,其他人也开始用餐。卡利古拉在餐桌上显然不守规矩,他肆意将橄榄核扔到旁边别人的餐盘里,把吃肉嚼剩的残渣吐到菜盘里,还用手指甲剔牙,拼命地挠头。在整个用餐过程中,他这些动作做得浑然天成。他吃着饭,突然停下,目不转睛地盯住一个人,那就是勒皮杜斯。

(粗暴地)看你一脸不快的样子,不会是我处死了你儿子的缘故吧?

**勒皮杜斯** (哽咽地)当然不会,卡伊乌斯,恰恰相反。
**卡利古拉** (喜笑颜开)正相反!啊,我真喜欢看人用脸上的表情否认心中的忧虑。你满面愁容,那你的心呢？正相反，对吧，勒皮杜斯？

勒皮杜斯　　（坚决地）正相反，陛下。

卡利古拉　　（兴致越来越高）嘿，勒皮杜斯，对我来说，谁也不如你亲近。咱俩一起笑吧，你愿意吗？给我讲个笑话听吧。

勒皮杜斯　　（刚才过高地估计了自己的力量）卡伊乌斯！

卡利古拉　　好吧，好吧，那就由我来讲吧。可你会笑的，对吗，勒皮杜斯？（目光凶狠地）哪怕是为了你的二儿子。（又转为笑脸）况且，你的情绪并不坏。（喝酒，接着授意）正……正……说吧，勒皮杜斯。

勒皮杜斯　　（疲惫地）正相反，卡伊乌斯。

卡利古拉　　好极了！（喝酒）现在你听着。（沉思）从前有一位可怜的皇帝，谁也不爱他。那皇帝呢，喜爱勒皮杜斯，就下令把他的小儿子杀掉，以便夺取他心中的爱。（改变语气）当然了，这不是真事。是不是很有趣？你不笑吗，没有人笑吗？好，你们听着。（狂怒地）我要所有人都笑起来。你，勒皮杜斯，还有其他所有人。站起来，笑起来！（敲桌子）我要看你们笑，听见了吗？我要看你们笑！

〔众人起立。在整个这一幕中,除了卡利古拉和卡索尼娅,其他演员都像木偶一样表演。

(仰卧在躺椅上,心花怒放,狂笑不止)卡索尼娅,看他们那样子,是什么也不在乎了。人格、尊严、物议、民族的智慧,统统没有了任何意义。在恐惧面前,一切都销声匿迹了。恐惧啊,卡索尼娅,这美好的情感,没有杂质,纯洁而无私,与生俱来,实在难得。(手抚额头,喝酒。口气友好地)现在,谈谈别的吧。嘿,舍雷亚,你怎么一言不发?

舍雷亚　　我准备好开口了,卡伊乌斯,只要您一声允许。

卡利古拉　　好极了,那就闭上你的嘴吧。我还是希望听听我们的朋友穆西乌斯的声音。

穆西乌斯　　(违心地)听候您的吩咐,卡伊乌斯。

卡利古拉　　很好,向我们谈谈你老婆吧。首先,把她带到我的左侧。

〔穆西乌斯的妻子来到卡利古拉身边。

穆西乌斯　　(有些无所适从)我老婆嘛,我爱她。

〔众人笑。

**卡利古拉**　当然,我的朋友,当然了。不过,这是空话。

〔穆西乌斯的妻子已经坐到他身边,他心不在焉地抚摸她的左肩。

(越来越泰然自若地)对了,刚才我进来的时候,你们正在密谋吧?是什么小阴谋呢?

**老贵族**　卡伊乌斯,您怎么可以……?
**卡利古拉**　无关紧要,我的美人儿。衰老是必经之路。无关紧要,真的。你们干不出什么有胆量的事儿。刚想起来,我还有几件国事要处理。不过,去办公事之前,先得满足一下自然赋予我们的欲望,这是不可抗拒的。

〔他站起身,拉着穆西乌斯的妻子走进隔壁的一间屋子。

| 第六场 |

〔穆西乌斯要站起来。

卡索尼娅　　（亲切地）噢穆西乌斯，这酒真不错，我想再喝点儿。

〔穆西乌斯被驯服，默默地给她斟酒。一时间局面尴尬，只有座椅吱吱咯咯作响，以下对话颇不自然。

卡索尼娅　　怎么样，舍雷亚，现在可以告诉我了吗，刚才你们为什么打架？
舍雷亚　　　（冷淡地）亲爱的卡索尼娅，那完全是我们争论的一个问题引起的。我们想知道，诗歌能不能带来死亡。
卡索尼娅　　这问题非常有趣。不过，它超出了我作为女人的理解范围。然而，你们对艺术的激情竟能导致你们交起手来，这倒令我钦佩。
舍雷亚　　　（同上）当然了。而且，卡利古拉也对我说过，任

|||何深度的激情都带着某种残酷的意味。

埃利孔　　　不带点儿强迫的意味，也就没有爱情喽。

卡索尼娅　　（吃着东西）这种见解里包含着真实的成分。各位觉得呢？

老贵族　　　卡利古拉是个很有魄力的心理学家。

贵族之一　　他向我们谈论勇气时，就极富雄辩力。

贵族之二　　他的思想都应当被总结出来，那会有不可估量的价值。

舍雷亚　　　更不用说他还借此打发时间。因为，显然，他也需要消遣。

卡索尼娅　　（一直在吃东西）他想过这一点，目前正在撰写一篇伟大的文章，你们若是知道了，一定会非常高兴。

| 第七场 |

〔卡利古拉和穆西乌斯的妻子上。

**卡利古拉**　穆西乌斯,把老婆还给你。她就要回到你的身边。请原谅,我还要去下达几点指示。

〔卡利古拉急下。穆西乌斯脸色苍白,站起身。

| 第八场 |

卡索尼娅　　（面对站立不动的穆西乌斯）这篇雄文可以与最著名的文章比肩。穆西乌斯,我们对此毫不怀疑。

穆西乌斯　　（仍旧盯着卡利古拉消失的那扇门）卡索尼娅,文章讲的是什么?

卡索尼娅　　（漠然地）噢!我理解不了。

舍雷亚　　那就应该这样理解,文章讲的是诗歌的谋杀能力。

卡索尼娅　　我想,正是如此。

老贵族　　（诙谐地）好哇,正如舍雷亚说的,他也能从中得到消遣。

卡索尼娅　　是啊,我的美人儿。不过,这篇文章的题目恐怕会使你们感到别扭。

舍雷亚　　题目是什么?

卡索尼娅　　《利剑》。

## 第九场

〔卡利古拉急上。

**卡利古拉** 请诸君包涵,国家事务嘛,也都亟待处理。总管,去传旨,关闭官仓。我刚刚签署了法令,你到隔壁房间就能见到。

**总管** 可是……

**卡利古拉** 明天,饥荒就会到来。

**总管** 那样老百姓就要抱怨起来了。

**卡利古拉** (有力而明确地)我说了,明天就要发生饥荒。人人都知道饥荒是什么,它是一种天灾。明天,天灾就要降临了。我什么时候高兴,就把天灾止住。(向其他人解释)归根结底,我没有很多方法来证明自己的自由。一个人要自由,总要建立在损害别人的基础上。这实在讨厌,但也着实正常。(瞥了一眼穆西乌斯)把这个运用到忌妒上去,你们就会明白了。(沉思地)忌妒之心实在丑陋!由于虚荣和想象而痛苦不堪!眼看着自己的妻子……

〔穆西乌斯握紧拳头，张口要讲话。

（很快地）吃啊，先生们。要知道，我们和埃利孔正抓紧工作。我们写出了一篇论处决的短文，期待你们的看法。

**埃利孔** 假如要征求你们的看法的话。

**卡利古拉** 要宽容一点儿嘛，埃利孔！把咱们的小秘密透露给他们吧。来吧，第三章第一节。

**埃利孔** （起身，机械地复述）处决能使人从痛苦中解脱。无论就其实施还是就其宗旨而言，处决都是普遍的、令人振奋的、公正的。人死，是因他们有罪。人之所以有罪，是因为他们当了卡利古拉的臣民。既然帝国上下全是卡利古拉的臣民，那么人人有罪。因此得出结论，人人应当被处死，问题只在于时间和耐心。

**卡利古拉** （大笑）你们有什么想法？耐心，哈，这可真是个意外发现！你们要听听我的想法吗？这也是你们身上我最钦佩的一点。

现在，先生们，你们可以离开了。舍雷亚不再需要你们了。不过，卡索尼娅留下！还有勒皮杜斯和奥克塔维乌斯！梅勒伊亚也留下。我想和你们商量我那间妓院该如何组织，它让我伤透了脑筋。

〔其他人缓步下场。卡利古拉的目光追随着穆西乌斯。

| 第十场 |

舍雷亚　　一切听您吩咐,卡伊乌斯。哪方面不顺利呢?是管理人员不称职吗?

卡利古拉　不,是收入不好。

梅勒伊亚　应当提高收费标准。

卡利古拉　梅勒伊亚,你刚刚失掉了一次保持沉默的机会。你这么大年纪了,不会对这种问题感兴趣。再说,我也没有问你的高见。

梅勒伊亚　那为什么把我留下?

卡利古拉　因为过一会儿,我需要不带感情的意见。

〔梅勒伊亚走开。

舍雷亚　　卡伊乌斯,如果我能带着感情谈一谈的话,我要说收费标准不能动。

卡利古拉　这是自然。不过,营业额也要上去。我已经向卡索尼娅解释过我的计划,由她来向你们说明。我嘛,酒喝多了,觉得困倦了。

〔他躺下,闭上了眼睛。

卡索尼娅　　非常简单。卡利古拉创立了一枚新的勋章。
舍雷亚　　　我不明白这两者有什么关系。
卡索尼娅　　有关系。要以这种荣誉组成公民英雄团。光顾卡利古拉妓院次数最多的公民,将得到这种奖赏。
舍雷亚　　　这很清楚。
卡索尼娅　　我想是的。我忘记讲了,每月还要核对门票,并颁发一次勋章。满十二个月还得不到勋章的公民,就要被流放或者处决。
贵族之三　　为什么是"或者处决"呢?
卡索尼娅　　因为卡利古拉说,这无关紧要,关键在于他能够选择。
舍雷亚　　　好极了!国家财政如今就有补充了。
埃利孔　　　而且始终以非常道德的方式,这一点你们要特别注意。总之,最好还是向罪恶收费,而不应该像共和制社会那样,向美德勒索罚金。

〔卡利古拉半睁开眼睛,注视着年迈的梅勒伊亚。梅勒伊亚站在远处,掏出一个小瓶,喝了一口。

| 卡利古拉 | （依然躺着）你喝什么呢，梅勒伊亚？ |
| 梅勒伊亚 | 是治哮喘病的药，卡伊乌斯。 |
| 卡利古拉 | （分开众人，走向梅勒伊亚，闻闻他的嘴）不对，是解毒的药。 |
| 梅勒伊亚 | 不是，卡伊乌斯。你在开玩笑吧。夜里我喘不上气，治疗已有好长时间了。 |
| 卡利古拉 | 看来，你是害怕中毒？ |
| 梅勒伊亚 | 我是哮喘病…… |
| 卡利古拉 | 不对，该什么是什么：你害怕我毒死你。你怀疑我，总在窥视我。 |
| 梅勒伊亚 | 绝没有，我以所有的神明起誓！ |
| 卡利古拉 | 你对我有疑心，换句话说，你在提防我。 |
| 梅勒伊亚 | 卡伊乌斯！ |
| 卡利古拉 | （粗暴地）回答我！（不容置疑地）如果你吃的是解毒药，那你就是在怀疑我有意毒死你。 |
| 梅勒伊亚 | 是啊……我是说……不对。 |
| 卡利古拉 | 你一旦认为我决意毒死你，就会千方百计地防范这种旨意。 |

〔冷场。这个场面一开始,卡索尼娅和舍雷亚就退至舞台深处。只有勒皮杜斯惶恐不安地听着二人对话。

(越来越明确地)这就构成了两条罪状,你逃不掉其中的一条:或者是我并不想杀你,你却错误地疑心我,你的皇帝;又或者,我要处死你,而你这个逆臣,竟公然违抗我的旨意。(停顿。卡利古拉得意地凝视着老人)哼,梅勒伊亚,这个逻辑推理,你说怎么样?

**梅勒伊亚**　这个逻辑……这个逻辑推理非常严谨,卡伊乌斯。可这不适用于我的情况。

**卡利古拉**　还有,第三条罪状,你把我当成傻瓜。听好了,这三条罪状中,只有一条对你而言是光彩的,那就是第二条。因为你猜到我的决定,并且服下解毒药,就意味着你的反抗。你成为带头的,成了革命者。这很好。(悲伤地)我很爱你,梅勒伊亚。因此我要按第二条罪状将你处死,而不是按其他罪状。你既然叛乱,就将慷慨就义。

〔在卡利古拉讲这番话时，梅勒伊亚在座位上逐渐缩成一团。

不必感谢我，这是理所当然的。给你。（递给梅勒伊亚一个小瓶，亲切地）把这毒药喝下去。

〔梅勒伊亚痛哭流涕，摇头拒绝。

（不耐烦地）喝吧，喝吧！

〔梅勒伊亚企图逃跑。然而卡利古拉一个猛扑，在舞台中央将他抓住，把他扔到一张矮椅上，经过一阵厮打，将小瓶塞到他的牙齿中间，用拳头把瓶子敲碎。梅勒伊亚挣扎了几下，便咽了气，脸上沾满了药水和鲜血。
〔卡利古拉直起身，机械地擦手。

（把梅勒伊亚的药瓶递给卡索尼娅，对她说）这是什么？是解毒药吗？

**卡索尼娅** （平静地）不是，卡利古拉，这是哮喘药。

**卡利古拉** （凝视着梅勒伊亚，沉默片刻）没关系，反正都是一回事儿，或早或晚而已。

〔他突然下场，一直擦着手，仿佛忙碌的样子。

| 第十一场 |

勒皮杜斯　　（骇然地）怎么办呀?
卡索尼娅　　（极其自然地）我想,首先得把尸体抬走,太丑了!

〔舍雷亚和勒皮杜斯抓着尸体,拉到后台。

勒皮杜斯　　（对舍雷亚）必须赶快下手。
舍雷亚　　　需要两百人。

〔青年西皮翁上。他看见卡索尼娅,做出要走掉的样子。

| 第十二场 |

卡索尼娅　　到这里来。

西皮翁　　　你要做什么?

卡索尼娅　　靠近些。

〔她抬起他的下巴,盯着他的眼睛。冷场。

（冷淡地）他杀死了你的父亲?

西皮翁　　　是的。

卡索尼娅　　你恨他吗?

西皮翁　　　是的。

卡索尼娅　　你想杀死他吗?

西皮翁　　　是的。

卡索尼娅　　（放开他）可你为什么要告诉我呢?

西皮翁　　　因为我不惧怕任何人。杀掉他,还是被他杀掉,不过是了结的两种方式罢了。况且,你也不会出卖我。

卡索尼娅　　你说得对,我不会出卖你。不过,我要告诉你一些事情——这样说吧,我要和你身上最美好的情

　　　　　　　感谈一谈。
西皮翁　　　我身上最美好的情感，就是我的仇恨。
卡索尼娅　　你且听我说。我要对你说的话，既难以理解，又十分明了。别看只是一句话，倘若真正听进去，这个世界就能完成唯一的、彻底的革命。
西皮翁　　　那就说吧。
卡索尼娅　　还没到时候。你先想一想你父亲被割掉舌头时那副扭曲的面容，想想他满是鲜血的嘴、那被折磨的野兽般的惨叫。
西皮翁　　　嗯。
卡索尼娅　　现在，你再想一想卡利古拉。
西皮翁　　　（语调中充满仇恨地）嗯。
卡索尼娅　　现在你听着：尝试去理解他。

〔卡索尼娅下。青年西皮翁不知所措。埃利孔上。

| 第十三场 |

埃利孔　　卡利古拉回来了。您是要去吃饭,我的诗人?
西皮翁　　埃利孔,帮帮我。
埃利孔　　这可有点儿冒险,我的小鸽子。我对诗歌一窍不通。
西皮翁　　你能帮上我。你懂得的事情非常多。
埃利孔　　我懂得日子一天天过去,必须抓紧时间吃喝。我也知道你会杀死卡利古拉……而且,他还不会以仇视的目光看待这一举动。

〔卡利古拉上。埃利孔下。

| 第十四场 |

卡利古拉　　哦！是你呀。(停住脚步，仿佛要恢复从容)好久没见到你了。(缓步朝西皮翁走去)你在做什么呢？一直在创作吗？近来写了什么，能给我看一看吗？

西皮翁　　(神态同样不自然地，心态介于仇恨与难以名状的情感之间)我作了诗，陛下。

卡利古拉　　是关于什么的呢？

西皮翁　　不知道，陛下，我想是关于大自然的吧。

卡利古拉　　(从容了一些)好题材，而且十分广阔。大自然，它让你产生了什么感触？

西皮翁　　(镇定下来，神情讥讽而敌对)大自然安慰了我这个没有做皇帝的人。

卡利古拉　　噢！你觉得它能安慰我这个做了皇帝的人吗？

西皮翁　　(同上)真的，它能治愈最严重的创伤。

卡利古拉　　(异常坦率地)创伤？你是怀着恶意讲这句话的。是因为我杀死了你的父亲吗？创伤！若是你能明白这个词用得多准确！(改变语气)只有仇恨才能使人聪明起来。

西皮翁　　(僵硬地)我是回答您关于大自然的问题。

〔卡利古拉坐下，凝视着西皮翁，继而突然抓住他的双手，把他硬拉到自己脚下，并用手捧起他的脸。

**卡利古拉**　　把你的诗背诵给我听听。

**西皮翁**　　求求您，陛下，不必了吧。

**卡利古拉**　　为什么？

**西皮翁**　　诗稿没有带在身上。

**卡利古拉**　　你记不起来了吗？

**西皮翁**　　记不起来了。

**卡利古拉**　　诗的内容对我说说，总还可以吧？

**西皮翁**　　（始终僵硬地，仿佛十分悔恨）我在诗中谈到……

**卡利古拉**　　谈到什么？

**西皮翁**　　不行，想不起来了……

**卡利古拉**　　再想想……

**西皮翁**　　我谈到了某种和谐，即大地和……

**卡利古拉**　　（打断了西皮翁的话，语气全神贯注地）大地和脚的和谐？

**西皮翁**　　（感到意外，犹豫一下，继续说道）对，大致是这样……

| | |
|---|---|
| 卡利古拉 | 继续说。 |
| 西皮翁 | 还有罗马丘峦的轮廓,以及黄昏带来的短暂的、令人心潮起伏的恬静…… |
| 卡利古拉 | 还有湛蓝天空中雨燕的叫声。 |
| 西皮翁 | (心情进一步放松)对,还有。 |
| 卡利古拉 | 还有什么? |
| 西皮翁 | 在那微妙的瞬息,天空变幻:看上去还是满目金色的天空猛然翻转,向我们展示它星汉灿烂的另一副面孔。 |
| 卡利古拉 | 还有炊烟、树木和流水的混杂气味,从大地袅袅升上夜空。 |
| 西皮翁 | (完全陶醉地)蝉声入耳,暑气渐退,犬吠声、迟归马车的隆隆声、村人的话语声…… |
| 卡利古拉 | 黄连木与橄榄树之间的小径,隐没在暮霭之中…… |
| 西皮翁 | 对,对,正是这样!可您怎么会知道呢? |
| 卡利古拉 | (将西皮翁紧紧搂住)我不知道。也许,我们同样热爱真实吧。 |
| 西皮翁 | (激动到战栗,把头埋在卡利古拉的胸前)噢,有什么关系呢,既然我身上的一切都是爱的样子。 |

卡利古拉　　（一直温和地）这是伟大心灵的品格，西皮翁。至少我能懂得你的坦诚！然而我深深了解自己对生活的激情带来的力量，它不会满足于自然，这是你理解不了的。你属于另外一个世界，你是善中纯粹的人，而我是恶中纯粹的人。

西皮翁　　我能够理解。

卡利古拉　　不。我的心事，是死寂的湖水，是腐烂的野草。（突然改变声调）你的诗一定很优美，不过，若要听听我的看法……

西皮翁　　（同上）嗯。

卡利古拉　　这一切缺少血腥的气味。

〔西皮翁猛地向后仰身，恐惧地看着卡利古拉。他接连后退几步，目光紧紧盯着卡利古拉，说话的声音低沉。

西皮翁　　噢，魔鬼，坏透了的家伙！你又在演戏了。你刚刚是在演戏吧，对吗？你还很自鸣得意，对吗？

卡利古拉　　（有点儿伤感地）你有几句话是说对了。我是在演戏。

西皮翁　　（同上）你的心是有多卑鄙，沾有多少血污啊！噢，多少邪恶与仇恨会折磨着你！

卡利古拉　（轻声地）现在，你住口吧。

西皮翁　　对你，我有那么多怜悯，有那么多仇恨！

卡利古拉　（生气地）住口。

西皮翁　　你的孤独，该是多么邪恶啊！

卡利古拉　（发怒，扑向西皮翁，揪住他的脖领摇晃）孤独！你知道什么是孤独！孤独，是诗人和无能之辈的孤独。孤独，究竟什么样的孤独呢？哈，你并不知道，独自一人的时候，从来就不是孤独的。无处不在伴随着我们的，是同样的未来与过去的重压！被杀害的人的冤魂追逐我们。仅仅是这些，那还好对付。然而，还有我们爱过的人，还有我们没爱过但却爱过我们的人，悔恨、欲念、苦涩与甜美，妓女和神明！（放开西皮翁，退向他的座位）独自一人！啊！比起被我的存在囚禁的孤独，我至少能够品尝真实的孤独，品尝一棵树的沉默与战栗！（坐下，陡然疲倦地）孤独！其实不然，西皮翁。孤独中充斥着牙齿咯吱作响的声音，回荡着逝去的喧哗与嘈杂。当夜幕将我们笼罩的时候，在我抚摸着的女人身边，远离终被满足的肉体欲望，我可以去捕捉生死之间的我，我的整个孤独，充满了交欢后的酸臭气味，那是躺在我身边尚沉沉昏睡的女人腋下发出的。

〔他显得精疲力竭。长时间的冷场。
〔青年西皮翁转到卡利古拉的身后，靠上前去，动作有点儿迟疑，然后伸出手，搭在卡利古拉的肩上。卡利古拉没有回头，用一只手握住西皮翁的手。

西皮翁　　在生活中，所有人都有一段温情，这能帮助人生活下去。人在感到心灰意冷的时候，就会回忆起那段温情。

卡利古拉　你说得对，西皮翁。

西皮翁　　在你的生活中，难道就没有一点儿类似的东西吗？譬如欲夺眶而出的泪水，寂静的寄托之所……

卡利古拉　怎么会没有呢。

西皮翁　　所以是什么？

卡利古拉　（缓缓道）蔑视。

——幕落

# 第三幕

## 第一场

〔幕启前,钹鼓声响。幕启,布景类似集市,舞台中央挂了一道帷幔,帷幔前摆了一个小讲坛,上面坐着埃利孔和卡索尼娅。鼓手分列两侧。几名贵族和青年西皮翁背对观众,坐在各自的座位上。

**埃利孔** (以街头卖艺人的油腔滑调)靠近点儿!再靠近点儿!(钹声响)神再一次降临大地。卡伊乌斯,是皇帝,是神,名号是卡利古拉,他把自己纯粹的人的外形借给了他们。靠近些,粗鄙的世人,神就要在你们面前显灵。多亏了备受称颂的卡利古拉统治的特殊恩赐,神的秘密才能展现在所有人的眼前。

〔钹声。

卡索尼娅　　上前来，先生们！瞻仰吧，拿出你们的零钱。今天，凡是拿出钱的人，都能看到上天的秘密。

〔钹声。

埃利孔　　奥林匹斯和它幕后的阴谋、它的懒散、它的泪水。上前来！上前来！来看所敬仰的神的全部真相！

〔钹声。

卡索尼娅　　瞻仰吧，献出你们的金钱吧。靠前来，先生们，演出就要开场了。

〔钹声。奴隶们纷纷把各种道具搬上讲坛。

埃利孔　　真相的一次惊人再现，一场空前的展演。壮观的神迹被搬到了人间，这是一场了不起的壮观游艺。闪电（奴隶点燃希腊之火）、雷鸣（他们滚动一只装有石子的木桶），命运之神踏着胜利的步伐。靠前来，观赏吧！

〔埃利孔拉开帷幔，卡利古拉一身维纳斯女神的滑稽打扮，站在台座上。

卡利古拉　　（亲切地）今天，我是维纳斯。

卡索尼娅　　礼拜开始。全体跪下。（除了西皮翁，众人全跪下）跟着我念献给卡利古拉-维纳斯的祷词："痛苦与舞蹈的女神……"

众贵族　　　"痛苦与舞蹈的女神……"

卡索尼娅　　"她生于波涛，在盐和浪花的泡沫中，黏稠而苦涩……"

众贵族　　　"她生于波涛，在盐和浪花的泡沫中，黏稠而苦涩……"

卡索尼娅　　"你，宛若微笑，宛若悔恨……"

众贵族　　　"你，宛若微笑，宛若悔恨……"

卡索尼娅　　"宛若怨怼，宛若激情……"

众贵族　　　"宛若怨怼，宛若激情……"

卡索尼娅　　"教给我们能让爱重生的冷漠……"

| | |
|---|---|
| 众贵族 | "教给我们能让爱重生的冷漠……" |
| 卡索尼娅 | "向我们启示根本不存在的世间真理……" |
| 众贵族 | "向我们启示根本不存在的世间真理……" |
| 卡索尼娅 | "赋予我们生活的力量,使我们配得上这无可比拟的真理……" |
| 众贵族 | "赋予我们生活的力量,使我们配得上这无可比拟的真理……" |
| 卡索尼娅 | 停下! |
| 众贵族 | 停下! |
| 卡索尼娅 | (继续)"让你的天赋将我们填满,你不偏不倚的残忍,完全客观的仇恨,尽数洒在我们的脸上吧。在我们双眼之上,张开你满是鲜花和凶杀的双手。" |
| 众贵族 | "……你满是鲜花和凶杀的双手。" |
| 卡索尼娅 | "收容你迷途的孩子们。将我们收养在那被剥夺了冷漠痛苦之爱的避难所。赐予我们你没有对象的激情、你丧失理智的痛苦,以及你毫无前景的欢愉。" |
| 众贵族 | "……以及你毫无前景的欢愉。" |
| 卡索尼娅 | (高声)"你,如此空虚,如此灼热,毫无凡尘的人性,却又那么世俗,用与你相匹配的葡萄酒把我 |

|||们灌醉,让我们在你辛辣的黑心里永远满足。"

众贵族　　"……用与你相匹配的葡萄酒把我们灌醉,让我们在你辛辣的黑心里永远满足。"

〔当贵族们念完最后一句,一直伫立不动的卡利古拉开始抖动身体,以洪亮的声音说道:

卡利古拉　我允准你们,我的孩子,你们的愿望将会得到满足。

〔他盘腿坐在台座上。贵族们一个接一个地下跪,奉上自己的钱财,退场之前排列于舞台右侧。最后一名贵族由于心慌,忘记给钱就要走开。卡利古拉于是一跃而起。

卡利古拉　嘿!嘿!到这儿来,小伙子。有敬神的心意固然好,但能让神发财则更佳。多谢,这就对了。如果神只有世人的爱,而得不到其他财富的话,他们就会像卡利古拉一样清贫了。现在,诸位先生,你们可以出发了,去到城里,传布你们见证的惊人神迹：你们见到了维纳斯，所谓见到，就是指你们用肉眼所见，而且，维纳斯还对你们讲了话。去吧，先生们。

〔贵族们动起来。

**卡利古拉** 等一下！你们出去的时候，请走左边走廊。我在右边走廊布置了卫士，要刺杀你们。

〔贵族们急忙退场，显得有些慌乱。奴隶与乐工也退下。

| 第二场 |

〔埃利孔用手威胁西皮翁。

埃利孔　　　西皮翁,你又来无政府主义那一套!
西皮翁　　　(对卡利古拉)卡伊乌斯,你亵渎了神明。
埃利孔　　　你讲这话究竟是什么意思?
西皮翁　　　你血洗大地之后,又玷污上天。
埃利孔　　　年轻人总热衷伟大的字眼。

〔他走过去躺到一张长沙发上。

卡索尼娅　　(非常平静地)小伙子,你太过了。此刻,就在罗马,有人因为发表煽动力小得多的言论丧了命。
西皮翁　　　我决意对卡伊乌斯说实话。
卡索尼娅　　好吧,卡利古拉,你的统治所缺少的,正是这副品德高尚的形象。
卡利古拉　　(关切地)西皮翁,你信神吗?
西皮翁　　　不。
卡利古拉　　那我就不明白了:为什么你如此迅速,一眼就看出来这是渎神呢?

西皮翁　　我可以否认一样东西,但不一定非得诋毁它,也不必剥夺别人相信的权利。

卡利古拉　你这样讲,其实是出于谦虚,名副其实的谦虚!噢,我亲爱的西皮翁,我多么为你高兴。要知道,我还羡慕你呢……因为,这或许是我唯一永远都体验不到的感情了。

西皮翁　　你羡慕的不是我,是神明。

卡利古拉　如果你愿意,这一点就将作为我统治的秘密。现今别人能够指摘我的,无非是我更进一步的权力与自由。对一个崇尚权力的人来说,神的竞争总有些令人不快。我取缔了这种竞争。我已然向那些虚幻的神证明,一个人若有意愿,用不着向谁求教,就能进行他们可笑的行当。

西皮翁　　这就是亵渎,卡伊乌斯。

埃利孔　　不,西皮翁,这是一种洞察力。我只简单地懂得,要想和神分庭抗礼,只有一种办法,只消和神一样残酷无情就好了。

西皮翁　　只消成为暴君。

卡利古拉　什么是暴君?

| | |
|---|---|
| 西皮翁 | 暴君是失明的灵魂。 |
| 卡利古拉 | 不准确,西皮翁。所谓暴君,是为了自己的想法或野心而牺牲人民的人。而我没有想法,不谋求荣誉或权力。纵使我运用了权力,也是出于补偿。 |
| 西皮翁 | 补偿什么? |
| 卡利古拉 | 补偿神的愚蠢与仇恨。 |
| 西皮翁 | 仇恨不能补偿仇恨,权力不是答案。要想抵消世间的敌意,只有一种方式。 |
| 卡利古拉 | 什么方式? |
| 西皮翁 | 穷困。 |
| 卡利古拉 | (护理自己的双足)我也该试试这个方法。 |
| 西皮翁 | 然而在此期间,在你的周围,许多人正在死去。 |
| 卡利古拉 | 说真的,西皮翁,没有多少。你知道我避免了多少次战争吗? |
| 西皮翁 | 不知道。 |
| 卡利古拉 | 三次。你知道我为什么没有去打仗吗? |
| 西皮翁 | 因为你从不关心罗马的荣耀。 |
| 卡利古拉 | 不。是因为我尊重人的生命。 |
| 西皮翁 | 你是在取笑我吗,卡伊乌斯? |
| 卡利古拉 | 至少对我而言,人的生命重于征服的理想。当然, |

我没有把别人的性命看得比自己的还重。我之所以能够轻易地杀死别人，是因为我自己并不畏惧死亡。你说得不对，我越是思考，越坚信自己并非暴君。

西皮翁　　然而你的所作所为仍然让我们付出了代价。

卡利古拉　（有些不耐烦）你要是懂得计算，就会知道，对于一个理智的暴君而言，他所发动的规模最小的战争，都比我的随心所欲让你们付出的代价高出千百倍。

西皮翁　　可那至少是在情理之中，关键在于它能够被理解。

卡利古拉　人理解不了命运，因此我便装扮成命运。我换上神的那副愚蠢又难以理解的面孔。适才你的同僚们所崇拜的，正是这副面孔。

西皮翁　　这就是亵渎，卡伊乌斯。

卡利古拉　不，西皮翁，这是戏剧的艺术！所有人的谬误，就在于不够相信舞台。若非如此，他们早该明白，任何人都可以上演天国的悲剧，任何人都可以成为天神。只要将自己的心肠变硬。

西皮翁　　或许吧，卡伊乌斯。然而，要真是这样的话，终有一天，你周围的人也会像你一样，扮成无情的神，将你转瞬即逝的神性浸没在血泊之中。你已经为这一天做好了准备。

**卡索尼娅**　　西皮翁！

**卡利古拉**　　（明晰且生硬地）让他说，卡索尼娅。你想不到自己有多会说，西皮翁：我已经为这一天做好了准备。不过，你说的那一天，我却很难想象出来，倒是梦到过几次。从苦涩的黑夜深处，出现的那一张张因为仇恨和惶恐而变得狰狞的面容，带着狂喜，我认出我在世上唯一崇拜的神：如人心一般的卑劣与怯懦。（被激怒）现在，走吧，你已经说得太多。（改换语气）我还要涂我的脚指甲，这事儿迫在眉睫。

〔西皮翁和卡索尼娅下。只有埃利孔还对着卡利古拉，专心给他涂脚指甲。

| 第三场 |

卡利古拉　　埃利孔!

埃利孔　　　怎么了?

卡利古拉　　你的差事有进展吗?

埃利孔　　　什么差事?

卡利古拉　　当然是……月亮啊!

埃利孔　　　有了有了,这是耐心的问题。不过,我想和你谈谈。

卡利古拉　　我或许有耐心,可我却没有很多时间。要快些了,埃利孔。

埃利孔　　　我对你说过,我尽力去办。可是,有桩严重的事情,我得先告诉你。

卡利古拉　　(仿佛没有听见)要知道,我已经把她弄到手了。

埃利孔　　　谁?

卡利古拉　　月亮。

埃利孔　　　是,那是自然。可是,你知不知道,有人想谋杀你。

卡利古拉　　我甚至曾全然地拥有过她。虽说只有两三回,可毕竟还是到了我的手里。

埃利孔　　　我早就想和你谈谈了。

卡利古拉　　那还是去年夏天。我看着她，在花园亭柱上抚摸她，后来她终于理解了。

埃利孔　　　停止这场游戏吧，卡伊乌斯。即使你不愿听，我的职责还是要讲。你听不进去是你活该。

卡利古拉　　（一直忙着涂脚指甲）这种颜料一钱不值。还是回到月亮上来吧，那是八月一个美丽的夜晚。（埃利孔气恼地转过头，沉默地一动不动）起初，她要了些小花招，而我已经睡下，地平线上，她整个儿是血红色的。接着她开始上升，越来越轻盈，速度也越来越快。她越是升高，就越发明亮，在星汉灿烂的夜空里，宛若一泓乳白色的湖水。她陷入热情，温柔，轻盈，一丝不挂。她款款跨进卧室的门槛，走到我的床前，溜进我的床铺，让我沐浴在她的微笑与光辉中。——实在是，这种颜料的确一钱不值。不过你知道的，埃利孔，我并非在自夸，我已然占有了她。

埃利孔　　　你想不想听我说，想不想知道你的威胁是什么？

卡利古拉　　（停住手，定睛看着埃利孔）我只需要月亮，埃利孔。我早就知道自己会被什么杀掉。我还没有倾尽全力获得生存所需的一切。这就是我为什么想要月亮。在把月亮弄来之前,你不用来见我。

埃利孔　　好,我一定尽职尽责,我也会把该讲的话讲出来。有人正密谋反对你,舍雷亚是主谋。我无意中发现了这个书板,你一看就能了解主要情况。我把它放在这里。

〔埃利孔将书板放在一张椅子上,退下。

卡利古拉　　你要去哪里,埃利孔?
埃利孔　　（在门槛处停下）为你寻找月亮。

| 第四场 |

〔有人轻轻地敲对面的门。卡利古拉猛然回头,发现是老贵族。

**老贵族**　（迟疑地）我可以进去吗,卡伊乌斯?

**卡利古拉**　（不耐烦地）进来吧。（注视着老贵族）怎么了,我的美人儿,又来看维纳斯啦!

**老贵族**　不,不是这个。嘘,别出声!噢,对不起,卡伊乌斯……我想说……您知道的,我非常爱您……再说,我只想安稳度过晚年……

**卡利古拉**　快点儿说吧!快说!

**老贵族**　这,好。是这么回事儿……（很快地）总而言之,事情非常严重。

**卡利古拉**　不,并不严重。

**老贵族**　到底怎么了,卡伊乌斯?

**卡利古拉**　我们到底在说什么事儿啊,我亲爱的?

**老贵族**　（环视周围）也就是说……（用尽气力,终于爆发）有人在密谋反对你……

**卡利古拉**　看吧,我就说,一点儿也不严重。

**老贵族**　　　卡伊乌斯，他们企图杀害你。

**卡利古拉**　（朝老贵族走去，抓住他的双肩）你知道我为什么不能相信你吗？

**老贵族**　　（作势要发誓）以所有神明的名义，卡伊乌斯……

**卡利古拉**　（轻声地，同时将老贵族一步步推向门口）别发誓，千万别发誓，还是听我说说吧。如果你的话是真的，我就不得不认为你出卖了朋友，对吗？

**老贵族**　　（稍有些窘迫）可以这样说，卡伊乌斯，是因为我对你的爱……

**卡利古拉**　（声音一如既往）我不能这么想。我憎恶卑劣的叛徒，总忍不住杀了他们。我了解你的品行。显然你既不想出卖朋友，也不想找死。

**老贵族**　　当然了，卡伊乌斯，那当然了！

**卡利古拉**　看吧，我没信你的话，还是有道理的。你并不卑劣，对吗？

**老贵族**　　哦！不是……

**卡利古拉**　也不是叛徒？

**老贵族**　　当然了，卡伊乌斯。

**卡利古拉**　所以说，没有什么密谋。告诉我，刚才你只是开玩笑，对吗？

**老贵族** 　　（脸色陡变）是开玩笑，只是玩笑……

**卡利古拉** 　没有人要谋杀我，这是显而易见的吧？

**老贵族** 　　没人，当然没有人。

**卡利古拉** 　（急促喘息，然后慢慢地）那就走开吧，我的美人儿。正派人是世间的珍稀物种，我看太久会受不了。我得单独待一会儿，好玩味这宏伟的时刻。

| 第五场 |

〔卡利古拉凝视椅子上的书板,抓起来读了读,用力呼吸,叫来一名卫士。

卡利古拉　　把舍雷亚带来。(卫士离开)等一等。(卫士停住)对他客气点儿。

〔卫士下。卡利古拉来回走了走,然后朝镜子走去。

卡利古拉　　傻瓜,你已经下定决心要遵循逻辑。问题只在于看看事情究竟会到什么地步。(挖苦地)如果有人把月亮给你送来,一切都会不一样,对吗?不可能的事情会变为可能,一切都会在倏忽之间改变。为什么不呢,卡利古拉?谁能知道呢?(环视四周)真奇怪,我周围的人越来越少了。(对着镜子,声音低沉)它造成了太多死亡,太多了。人越来越少。即使把月亮给我送来,我也无法回头。即使在阳光的安抚下,死人重新活过来,杀人的事实也不会因此不存在。(语气狂怒)逻辑,卡利古拉,必须遵照逻辑。掌权,就要掌握到底,弃权,就要放弃彻底。不,不能走回头路,必须一直走到终结。

〔舍雷亚进来。

| 第六场 |

〔卡利古拉坐在椅子上,身子半仰,脖颈缩进披风里,神情疲惫。

舍雷亚　　您在叫我吗,卡伊乌斯?
卡利古拉　（声音微弱）是的,舍雷亚。卫士!拿蜡烛来!

〔沉默。

舍雷亚　　您有什么特别的事情要和我说吗?
卡利古拉　没有,舍雷亚。

〔沉默。

舍雷亚　　（有些恼火）您确定需要我在场吗?
卡利古拉　完全确定,舍雷亚。

〔又是一阵沉默。

（忽然热情地）不过，请原谅，我有些走神，没好好接待你。坐到这张椅子上，咱俩像朋友一样聊聊吧。我需要和一个聪明人聊聊。

〔舍雷亚坐下。
〔从本剧开场以来，他仿佛第一次显得这么自然。

卡利古拉　舍雷亚，你认为灵魂和骄傲不分高下的两个人，在他们的一生中，至少能有一次坦诚的交谈吗——两个人都仿若赤裸，剥光了他们赖以生存的偏见、私利与谎言。

舍雷亚　我想这是可能的，卡伊乌斯。但我不认为您能办到。

卡利古拉　你说得对。我只是想知道，你是否和我想的一样。好吧，那让我们戴上面具吧，运用我们的谎言，将我们的全部包裹起来，像战斗一样去谈话。舍雷亚，为什么你不爱我呢？

舍雷亚　因为您身上没有任何值得爱的，卡伊乌斯。因为这种事情强求不来。还因为我太了解您了，谁会爱上那个自己竭力掩饰的面孔呢？

卡利古拉　　为什么恨我呢?

舍雷亚　　　这点您误会了,卡伊乌斯,我不恨您。我认为您有害、残酷、自私自利、贪慕虚荣,可我却不能恨您,因为我知道您并不幸福。我也不能鄙视您,因为我知道您并非怯懦之人。

卡利古拉　　那么,你为什么想杀我呢?

舍雷亚　　　我已经告诉过您:我认为您有害。我喜爱安全感,也需要它。大多数人也和我一样。他们不能接受在自己生活的世界,那些最荒唐的想法会在一瞬间成为现实,如此,在大多数情况下,不啻将匕首刺进心脏。我也是如此,不愿意接受这样的世界。我宁愿将命运牢牢掌握在自己手中。

卡利古拉　　安全感并非逻辑的同路人。

舍雷亚　　　的确如此。这不合逻辑,但是它有益。

卡利古拉　　说下去。

舍雷亚　　　我没什么要说的了。我不愿跟着您的逻辑走。对我生而为人的职责,我另有想法。而且我也知道,您的臣民大多与我想法一致。你妨碍到了所有人,当然应当从这世上消失。

卡利古拉　　这番话十分清楚,也颇为合理,在大多数人的眼中，这甚至是不言自明的。可对你却不然。你是聪明人，而聪明，要么付出极高的代价，要么便否定自身。拿我来说，我要付出代价。然而你呢，为什么既不否认它，又不愿意付出代价？

舍雷亚　　因为我渴望生活，渴望幸福。我认为，要是彻底奉行这种荒谬的逻辑，既无法生活，也不会幸福。我和所有人一样，为了感受自由，我有时希望所爱之人死去，我也曾觊觎过为家庭法与友谊所不允许染指的女人。如果遵照逻辑，我就应该杀掉她们，或是占有那些女人。但我觉得这些模糊的想法不值一提。假如大家都想实现这类念头，那我们就既无法生活，也谈不上幸福。再说一遍，这些对我而言才是最重要的。

卡利古拉　　你总还是相信某个更高尚的思想吧。

舍雷亚　　我相信一些行为好过另外一些。

卡利古拉　　我觉得所有行为都半斤八两。

舍雷亚　　我知道，卡伊乌斯，所以我并不恨您。然而您不合时宜，就应当被清除。

卡利古拉　　很公平。但是，为什么要告诉我，为什么要拿你的生命冒险？

舍雷亚　　　因为其他人会完成我的事业，因为我不爱说谎。

〔沉默。

卡利古拉　　舍雷亚！
舍雷亚　　　是的，卡伊乌斯。
卡利古拉　　你认为灵魂和骄傲不分高下的两个人，在他们的一生中，至少能有一次坦诚的交谈吗？
舍雷亚　　　我认为这就是我们刚才做的。
卡利古拉　　是的，舍雷亚。可你刚才还认为我做不到呢。
舍雷亚　　　我的判断出了错，卡伊乌斯，我承认，也向您表示感谢。现在，我等待您的判决。
卡利古拉　　（心不在焉地）我的判决？噢！你是想说……（从披风里掏出书板）你认识这件东西吗，舍雷亚？
舍雷亚　　　我知道它在您手里。
卡利古拉　　（激动地）没错，舍雷亚，你的坦率是装出来的，两个人并没有坦诚交谈。不过，这无所谓。现在，让我们停止这佯装真诚的游戏，继续像以往那样生活吧。你还是要尽量理解我要对你说的话，承受我的凌辱与怒火。听着，舍雷亚，这块书板是唯一的证物。

舍雷亚　　我要走了,卡伊乌斯。这套装神弄鬼的把戏我看腻了,我太熟悉了,已经不想再看了。

卡利古拉　(声调依然充满激情和专注)留下吧,这是证据,不是吗?

舍雷亚　　我并不认为您杀死一个人还需要证据。

卡利古拉　不错。但是,我要破一回例,来个自相矛盾。这不会妨碍任何人。不时地自相矛盾一下也大有益处,它让我们得到休息。我需要休息,舍雷亚。

舍雷亚　　我不懂,我对这些难题也没什么兴趣。

卡利古拉　当然了,舍雷亚。你是个圣洁的人,不追求任何非凡的东西!(发出笑声)你想要生活,想要幸福。仅此而已!

舍雷亚　　我想谈话最好到此为止。

卡利古拉　还不够,耐心一点,好吗?你看,这个证据在我手中。我计划,没有这个证据的话,我就不能处决你。这就是我的想法,也是我的休憩。好的,看看吧,证据到了皇帝手中会怎么样。

〔他把书板靠近烛火。舍雷亚走上前,二人在烛火两侧。书板熔化。

**卡利古拉** 看吧,密谋者。它熔化了,随着证据的消失,无罪的晨曦便浮上你的面庞。舍雷亚,你有着纯洁可敬的额头。一个清白的人,多美好啊,多美好啊!赞扬我的力量吧。即使神明降世,不经惩罚,他也无法还人清白。而你的皇帝,只需一点儿烛火,就能将你赦免,赐予你勇气。继续你的事业吧,舍雷亚,把你的理论贯彻到底。你的皇帝等待着他的安息。这是他生活与幸福的方式。

〔舍雷亚惊愕地注视着卡利古拉。他微微动了一下,似乎有所领悟,张开嘴,突然离开。卡利古拉始终将书板置于烛火之上,微笑着目送舍雷亚。

——幕落

# 第四幕

## 第一场

〔舞台光线半明半暗。舍雷亚和西皮翁上。舍雷亚朝右侧走去,接着又走向左侧回到西皮翁身边。

西皮翁　（面色令人捉摸不定）你找我什么事?
舍雷亚　时间紧迫。我们要干的话,就必须坚定。
西皮翁　谁告诉你我不坚定了?
舍雷亚　昨天我们聚会,你就没来参加。
西皮翁　（扭过头去）这倒是真的,舍雷亚。
舍雷亚　西皮翁,我比你年长,也没有向人求助的习惯。可我的确需要你。这次刺杀需要令人尊敬的辅助。我们中的许多人不是被刺伤了虚荣心,就是被吓破了胆,唯独你我的动机是纯洁的。我知道,即使你抛弃了我们,也绝不会将我们出卖。但这已经无所谓了,我只希望你继续和我们在一起。

西皮翁　　我理解你,但是我得告诉你,我办不到。

舍雷亚　　难道你站到他那一边了吗?

西皮翁　　不。但我无法反对他。(停顿,然后低沉地)如果我选择刺杀他,至少我的心会站在他那一边。

舍雷亚　　可他杀害了你父亲!

西皮翁　　是的,这是一切的开端,却也是一切的终结。

舍雷亚　　凡是你所承认的,他都否认。凡是你所敬重的,他都嘲弄。

西皮翁　　的确如此,舍雷亚。可我身上有和他相似的东西,我们的心中燃烧着同样的火焰。

舍雷亚　　有些时候必须做出抉择。至于我,便是压制住身上可能与他相似的东西。

西皮翁　　我无法选择,因为我除了自身忍受的痛苦,还因他的痛苦而痛苦。我的不幸在于理解一切。

舍雷亚　　也就是说,你认定他有道理了。

西皮翁　　(高声喊道)噢,求你了,舍雷亚。在我看来,任何人,任何人都没道理。

〔停顿片刻。二人对视。

舍雷亚　　（激动地走向西皮翁）你知道吗,由于他对你做的事,我更恨他了。

西皮翁　　是啊,他教会我要求一切。

舍雷亚　　不,西皮翁,他使你陷入绝望,让年轻的心灵丧失希望就是犯罪,比他迄今犯下的所有罪过都要严重。我向你发誓,单凭这一桩罪行,我就忍不住杀了他。

〔舍雷亚朝门口走去。埃利孔上。

| 第二场 |

埃利孔　　我刚刚在找你，舍雷亚。卡利古拉要在这里组织一场小型的欢聚，你得等他。(转身面对西皮翁)不过，我的小鸽子，这里不需要你。你可以走了。
西皮翁　　(正要出去，又转身面对舍雷亚)舍雷亚！
舍雷亚　　(温柔地)是，西皮翁。
西皮翁　　试着去理解吧。
舍雷亚　　(极其温柔)不，西皮翁。

〔西皮翁和埃利孔下。

| 第三场 |

〔后台传来武器撞击声。舞台右侧,两名卫士押着老贵族和贵族之一上,两贵族惊慌失措。

**贵族之一** （竭力使声音保持镇定,对卫士）这么晚了,到底要我们做什么?

**卫士** （指了指右侧的座位）坐到那儿去。

**贵族之一** 要是想像处死别人那样杀死我们,用不着搞这么多花样。

**卫士** 坐那儿去吧,老骡子。

**老贵族** 咱们坐下吧。显然这人什么也不知道。

**卫士** 对,我的美人儿,这是显然的。

〔卫士下。

**贵族之一** 我早就知道,应当赶快下手。现在可好了,咱们就等着受刑吧。

| 第四场 |

舍雷亚　　　（冷静地坐下）出什么事了？

〔贵族之一和老贵族齐声：

密谋败露了。

舍雷亚　　　然后呢？

老贵族　　　（颤抖着）要受酷刑了啊。

舍雷亚　　　（平静地）我记得曾经有个奴隶偷了东西，刑罚没有让他承认自己的罪行，卡利古拉便赏给他八万一千枚小银币。

贵族之一　　现在也轮到我们了。

舍雷亚　　　不，这证明他喜欢勇气，你们不能忘记这一点。（对老贵族）你的牙齿就不能别这样打战吗？我讨厌这种声响。

老贵族　　　这是……

贵族之一　　别耍花样了，咱们这是拿命在赌。

舍雷亚　　　（并没有反对）你们知道卡利古拉最喜欢说的一句话是什么吗？

老贵族　　　（快哭出来了）知道。他总是对刽子手说:"慢慢地杀,让他感受死亡。"

舍雷亚　　　不,还有一句更妙的。有次处决后,他打着哈欠,严肃地说:"我最欣赏的,是我的冷漠。"

贵族之一　　你们听见了吗?

〔武器的声响。

舍雷亚　　　这句话暴露了他的软弱。

老贵族　　　你就不能不高谈阔论吗?我讨厌这种腔调。

〔舞台深处上来一名奴隶,他抱着几件兵器,将它们排在一张椅子上。

舍雷亚　　　（没有看见那名奴隶）起码要承认,这个人的影响力不容置疑。他迫使人思考,迫使所有人思考,思考人那朝不保夕的处境。这也是为什么他招致了那么多的仇恨。

老贵族　　　（颤抖着）你看。

舍雷亚　　　（看见武器,声调稍有变化）或许你是对的。

| | |
|---|---|
| 贵族之一 | 早就该下手,等待的时间太长了。 |
| 舍雷亚 | 是啊。这是个迟到的教训。 |
| 老贵族 | 太荒谬了。我不愿意死。 |

〔老贵族起身,企图逃跑。两卫士上,扇了他耳光,然后强行将他制住。贵族之一被吓得蜷缩在椅子上。舍雷亚悄声说了什么,没人听到。突然,后台传来刺耳而奇特的叉铃声和钹声。贵族们沉默地看着。卡利古拉身穿舞女的短裙,头上插着鲜花,像演中国皮影戏似的,出现在幕布后面,模仿了几个滑稽的舞蹈动作,随后消失。很快,一名卫士庄严宣布:"演出结束。"在此期间,卡索尼娅悄悄上场,走到几个看客的身后,她语调平和,但还是吓到了他们。

| 第五场 |

卡索尼娅　　卡利古拉派我来告诉你们,此前召你们到这里来,是为了商议国事,而今天邀请你们来,却是要和他交流一下艺术感受。(停顿,接着声调依然平淡)他还补充道,谈不出感受的人会被砍头。

〔三人沉默不语。

卡索尼娅　　请原谅我的坚持。我必须问一问,你们觉得这个舞蹈优美不优美?
贵族之一　　(犹豫片刻)很美,卡索尼娅。
老贵族　　　(不胜感激地)啊,是的!卡索尼娅。
卡索尼娅　　舍雷亚,你觉得呢?
舍雷亚　　　(冷漠地)伟大的艺术。
卡索尼娅　　很好,我便可以如此回复卡利古拉了。

## 第六场

〔埃利孔上。

埃利孔　　告诉我，舍雷亚，真是伟大的艺术吗？

舍雷亚　　在某种意义上，是的。

埃利孔　　我明白。你很好，舍雷亚，像正人君子一样虚伪，但确实有本事。至于我，本事不大，但我绝不会让你碰卡伊乌斯，即便那是他本人的意愿。

舍雷亚　　你这种话叫我摸不着头脑。不过，你的忠心值得祝贺。我喜欢忠心的仆人。

埃利孔　　你实在太骄傲了，不是吗？是啊，我侍奉的是个疯子。可你呢，你侍奉的又是谁？美德吗？我跟你说吧。我生来便是奴隶，诚实的人啊，我曾在皮鞭下为美德的歌曲起舞。卡伊乌斯，他没有对我说些空话，而是解放了我，让我留在皇宫里。我这才有机会看到你们，你们这些正人君子。我看到你们蓬头垢面、俗不可耐，有一股从未经历过艰险、受过苦难的人的乏味。我看到你们金玉其外、败絮其中，一副贪婪的面孔，一双逃避的手。你们还想审判别人？你们开设美德的商店，梦想平安无事，就像少女憧憬爱情那样。可你们即将在恐怖中死去，甚至不知道自己的一生都在说谎。你们竟妄图审判那个忍受了不计其数的痛苦、每天都有上千个新伤口流血的人吗？我向你们保证，除非你们先除掉我！藐视奴隶吧，舍雷亚！他在你的美德之上，因为他还能爱他悲惨的主人，保护他免受你们那些高尚谎言与背叛的伤害……

**舍雷亚** 亲爱的埃利孔，你向我们展示了你的口才。坦率地讲，你从前的品味倒还高雅些。

**埃利孔** 那实在是抱歉了。这就是和你们接触过多的缘故。夫妻一起待的时间长了，连耳毛的数目都一样。不过别担心，我会变回去的，会的。只一点……瞧，看到这张脸了吧？很好，看仔细点。非常好。现在，你算是看到了你的仇敌。

〔埃利孔下。

| 第七场 |

**舍雷亚**　　如今,应当赶快下手。你们两个留在这里。我们今晚有一百多人。

〔舍雷亚下。

**老贵族**　　留在这里,留在这里!我好想离开。(闻了闻)这里有一股死亡的味道。

**贵族之一**　或者说是谎言的味道。(悲伤地)我说了那个舞蹈很美。

**老贵族**　　(宽慰地)从某种意义上讲,是的,它是优美的。

〔数名贵族与骑士一阵风似的上场。

| 第八场 |

贵族之二　　出什么事了?你们知道吗?皇帝传召我们。

老贵族　　（心不在焉地）也许是为了舞蹈吧。

贵族之二　　什么舞蹈?

老贵族　　对,就是艺术感受。

贵族之三　　有人告诉我,说卡利古拉病得很重。

贵族之一　　他是病得很重。

贵族之三　　什么病?(兴高采烈地)诸神保佑,他要死了吗?

贵族之一　　我可不觉得。他的病死不了人,别人的命可就难保了。

老贵族　　这话可不敢说。

贵族之二　　我明白你的意思。不过他就没有轻一点儿的、对我们有利的病吗?

贵族之一　　没有。他的病症可容不下竞争者。失陪了,我要去找舍雷亚。

〔贵族之一下。卡索尼娅上。冷场片刻。〕

| 第九场 |

卡索尼娅　　（神情冷漠）卡利古拉胃疼，他吐了血。

〔众贵族赶忙围拢上来。

贵族之二　　噢，万能的神明，我向您许愿。若是他能康复，我愿向国库捐二十万银币。

贵族之三　　（夸张地）朱庇特神，让我替他受苦吧！

〔卡利古拉早已上场，在一旁听贵族们许愿。

卡利古拉　　（走向贵族之二）我接受你的捐赠，卢西乌斯，谢谢你。我的财政大臣明天就会到府上。（走向贵族之三，拥抱他）你不知道我有多么感动。（停顿一下，温柔地）这么说，你爱我啦？

贵族之三　　（确信地）噢，陛下，为了你，我愿意马上做任何事。

卡利古拉　　（再次拥抱他）啊，这也太慷慨了，卡西乌斯，我不配这样深厚的爱。（卡西乌斯做了个表示否认的动作）不，不，我跟你说，我受之有愧。（叫来两名卫士）把他带走。（对卡西乌斯，温和地）去吧，朋友，要记住，卡利古拉把心给你了。

**贵族之三**　（隐约有些不安）可是，他们要把我带到哪里去呀？

**卡利古拉**　去往死亡啊。你许了性命，替我受苦。而我呢，现在感觉好多了，嘴里甚至没有可怕的血腥味儿了，你治好了我的病。卡西乌斯，能把生命献给另外一个人，而这个人又叫卡利古拉，你感到幸运吗？我现在又能参加所有欢宴了。

〔卫士拖着贵族之三。贵族之三拼命抵抗、号叫。

**贵族之三**　我不愿意。这不过是个玩笑啊！

**卡利古拉**　（遐想状。贵族之三依旧在号叫）很快，海上的道路就会铺满含羞草。女人将穿上轻纱裙。辽阔的天空将明亮清澈。卡西乌斯，那是生活的微笑！

〔卡西乌斯到了门口，卡索尼娅轻轻地推他一下。

（转过身去，突然严肃地）生命，我的朋友，如果你足够爱它，就不会把它当作儿戏。

〔卫士将卡西乌斯拖下。

（回到桌子旁）愿赌服输。（停顿片刻）过来，卡索尼娅。（转向其他人）对了，我有个好主意想分享给你们。直至今日，我的统治都极为成功，既没有蔓延全国的瘟疫，也没有宗教的残杀，甚至连一次政变都没有，简而言之，没有发生任何使你们作古的事件。因此，我希望对这谨慎的命运稍作弥补。我想说的是……不知道你们是否明白。（微微一笑）说到底，就是由我来扮演瘟疫的角色。（改变声调）不许说话。舍雷亚来了。看你了，卡索尼娅。

〔卡利古拉下。舍雷亚和贵族之一上。

| 第十场 |

〔卡索尼娅急忙朝舍雷亚迎上去。

**卡索尼娅**　　卡利古拉死了。

〔她扭过头去，仿佛在哭泣，眼睛却盯着其他人。他们都沉默不语，面容沮丧，但背后的原因各不相同。

**贵族之一**　　你……你这个噩耗确信吗？这不可能啊，刚才他还在跳舞呢。

**卡索尼娅**　　恰恰是这个缘故，劳累要了他的命。

〔舍雷亚快步从一个人走向另一个人，又转身走向卡索尼娅。众人沉默不语。

（声调缓慢地）你没话说吗，舍雷亚？

**舍雷亚**　　（同样缓慢地）这是巨大的不幸，卡索尼娅。

〔卡利古拉突然上场,走向舍雷亚。

**卡利古拉**　演得好,舍雷亚。(在原地转了一圈儿,扫视其他人,面色不快)算啦!这事弄砸了。(对卡索尼娅)别忘了我对你说的话。

〔卡利古拉下。

| 第十一场 |

〔卡索尼娅默默目送卡利古拉离开。

**老贵族** （始终抱有希望）他会生病吗，卡索尼娅？

**卡索尼娅** （仇恨地注视着他）不会的，我的美人儿。但你忘了，这个人夜里只睡两个钟头，余下的时间也无法休息，在他宫殿的走廊里游荡。从半夜到太阳重新升起，在这死寂的时辰里，这个人究竟在考虑什么，这是你所不知道的，也是你从来没有想过的。生病？不，他没病，除非你给他心灵上的累累溃疡起个名称、找到解药。

**舍雷亚** （仿佛受了触动）你说得对，卡索尼娅。我们不是不知道卡伊乌斯……

**卡索尼娅** （语速加快）是啊，你们不是不知道。但是，就像所有毫无心肠的人一样，你们容不得心肠太好的人。心肠太好！这就妨碍你们了，不是吗？于是，你们就说这是一种病，迂腐的人便有了道理、得意扬扬了。（改换口气）舍雷亚，你懂得爱吗？

**舍雷亚** 我们都上了年纪，卡索尼娅，已经学不会了。况且，卡利古拉也不见得给我们时间。

卡索尼娅　　（平静下来）这倒是。（坐下）我差点儿把卡利古拉吩咐的事忘了。要知道，今天是艺术日。

老贵族　　根据历书吗？

卡索尼娅　　不，这是卡利古拉的主意。他召集了几名诗人，由他命题，即兴赋诗。他希望你们中间的诗人一起来，还特地指定了小西皮翁和梅泰卢斯参加。

梅泰卢斯　　可是我们没有准备。

卡索尼娅　　（仿佛没有听见，语调平淡）当然了，奖赏是有的，也有惩罚。（众人后退半步）不过我可以说，惩罚不太重。

〔卡利古拉上，他的表情空前阴沉。

| 第十二场 |

卡利古拉　　都准备好了吗?
卡索尼娅　　全好了。(对一名卫士)让诗人们进来吧。

〔十二名诗人两人一组齐步上场,走到舞台右侧。

卡利古拉　　其他人呢?
卡索尼娅　　西皮翁和梅泰卢斯!

〔二人加入诗人的行列。卡利古拉、卡索尼娅与众贵族坐在舞台左侧。冷场片刻。

卡利古拉　　命题:死亡。限时:一分钟。

〔诗人都在书板上疾书。

老贵族　　谁来做裁判?
卡利古拉　　我。这还不够吗?
老贵族　　噢,够了,绝对够了。

舍雷亚　　　你也参加诗赛吗，卡伊乌斯？

卡利古拉　　没必要，这个题目，我早就作过了。

老贵族　　　（殷勤地）可以拜读吗？

卡利古拉　　我日日都以自己的方式朗诵它。

〔卡索尼娅焦虑地注视着卡利古拉。

卡利古拉　　（粗暴地）我的脸让你不快了吗？

卡索尼娅　　（轻声地）抱歉。

卡利古拉　　噢，求你了，不要这样谦卑，千万不要。你呀，本就叫我于心不忍，别再这样谦卑了！

〔卡索尼娅又逐渐振作起来。

卡利古拉　　（对舍雷亚）我接着说。这是我唯一的作品，不过它足以证明我是罗马有史以来唯一的艺术家，你明白吧，舍雷亚，唯一做到思想和行为一致的艺术家。

舍雷亚　　　这仅仅是权力的问题。

卡利古拉　　确实如此。别人创作，是由于手中无权。而我呢，

|||我不需要作品，我只需要去生活。（粗暴地）那么，你们这些人，作好了吗？
**梅泰卢斯** 我想我们作好了。
**众诗人** 作好了。
**卡利古拉** 那好，听好了，你们一个一个出列。我一吹哨子，第一个人就开始念，再听到哨声，就必须停止，然后第二个人开始，以此类推。优胜者，自然是吟的诗没有被哨声打断的那个。准备。（将头转向舍雷亚，机密地）任何事物都必须有组织地进行，甚至艺术也是如此。

〔一声哨响。

**诗人之一** 死亡，当它从漆黑的岸边……

〔哨声。诗人之一走到舞台左侧。其他诗人依例，场面机械地进行。

**诗人之二** 洞穴中的帕耳开三女神……

〔哨声。

诗人之三　　噢死亡,我呼唤你……

〔哨声大作。诗人之四走上前,摆出朗诵的姿势,尚未开口,哨声便响起来了。

诗人之五　　当我还是个孩子……
卡利古拉　　(吼叫)不!一个蠢货的童年和这个题目有什么关系?你能告诉我关系在哪里吗?
诗人之五　　可是,卡伊乌斯,我还没念完呢……

〔刺耳的哨声。

诗人之六　　(走上前,清了清嗓子)无情的死亡,漫步在……

〔哨声。

诗人之七　　(神秘地)晦涩而冗长的祷词……

〔一连串哨声。西皮翁上前,他没带书板。

卡利古拉　　该你了,西皮翁,你没有书板?
西皮翁　　　我不需要。
卡利古拉　　拭目以待。

〔卡利古拉叼着哨子。

西皮翁　　　(逼近卡利古拉,但没有看他,声调带几分倦怠)
　　　　　　追求造就纯洁之人的那种幸福,
　　　　　　天空之上,太阳的光在流淌,
　　　　　　唯一的野蛮的欢宴,我无望的妄想!

卡利古拉　　(轻声地)停下吧,好吗?(对西皮翁)你还太年轻,理解不了死亡的真正教训。
西皮翁　　　(凝视着卡利古拉)我还这么年轻,不该失去父亲。
卡利古拉　　(猛然转过头去)好了,你们这些人,排好队。冒牌的诗人是对我的品味最糟糕的惩罚。我此前一直考虑,想把你们当作盟友留在身边,有时我甚至想象,你们将组成保卫我的最后一个方阵。然而一切都是徒劳。因此,我要把你们抛到敌人的营垒中去。诗人是反对我的,这就是故事的结尾。列队离开吧,舔舐你们的书板,擦除你们卑劣的证据。注意,前进!

〔在有节奏的哨声中,诗人一边舔着不朽的诗篇,一边齐步从舞台右侧下。

**卡利古拉**　　(声音极低)全都出去。

〔舍雷亚走到门口,一把抓住贵族之一的肩膀。

**舍雷亚**　　时机到了。

〔青年西皮翁听见舍雷亚的话,在门口犹豫一下,又转身走向卡利古拉。

**卡利古拉**　　(凶恶地)你就不能像你父亲一样,让我清静点儿吗?

| 第十三场 |

西皮翁　　走吧,卡伊乌斯,没用的,我知道您已经做出了选择。

卡利古拉　安静点。

西皮翁　　会的,因为我觉得理解您了。我们是如此相像,无论对你还是对我,都再无出路了。我要动身到很远的地方,寻求一切的道理。(停顿。看着卡利古拉,加重语气)永别了,亲爱的卡利古拉,当一切结束的时候,不要忘记我爱过您。

〔西皮翁下。卡利古拉目送他出去,想招招手,可是身子剧烈地晃了晃,他又回到卡索尼娅身边。

卡索尼娅　他说了什么?
卡利古拉　他的话会超出你的理解力。
卡索尼娅　你在想什么呢?
卡利古拉　想他,也在想你。不过,这是一回事儿。
卡索尼娅　为什么?
卡利古拉　西皮翁走了,我再无友谊了。可是你呢,我在想,为什么你还在这儿……

卡索尼娅　因为你喜欢我。

卡利古拉　并不。假如我让人杀掉你，我想我就会明白了。

卡索尼娅　那倒是个办法。就那么干吧。但你就不能无拘无束地生活吗？即使只有一分钟也好。

卡利古拉　我练习自由生活已经有几个年头了。

卡索尼娅　这不是我想说的，好好理解我的意思。怀着一颗纯洁的心去生活、去爱，那该多么美好。

卡利古拉　每个人都有抵达纯洁的方式。之于我，就是在基本问题上锲而不舍。这一切都不会阻止我让人杀掉你。（笑）那样，将是我生涯圆满结局的一刻。

〔卡利古拉站起来，将镜子转向自己。他将双臂垂下，几乎没有动作，野兽似的，转着圈儿走。

卡利古拉　真奇怪，当我不杀人的时候，便觉得孤单。活人填不满这世界，也驱散不掉烦闷。当你们大家在这儿的时候，我反而感到无尽的、不忍目睹的虚空。只有置身死者之中，我才觉得好些。（面对观众伫立，身子略微前倾，把卡索尼娅抛诸脑后）

那些死者才是真实的。他们和我一样。他们等待着我，催促我去。（摇头）我曾经和那些哭喊着求我饶命的人谈得非常投机，我也曾让人割下他们的舌头。

**卡索尼娅** 过来，躺在我身边，把头枕在我的双膝上。（卡利古拉顺从）这样你就好些了。一切归于沉寂。

**卡利古拉** 一切归于沉寂。你夸张了。你没听见兵器的撞击声吗？（传来武器撞击声）你没有捕捉到细微的喧闹声吗？那表明仇恨在伺机而动。

〔传来嘈杂声响。

**卡索尼娅** 谁也不敢……

**卡利古拉** 不，愚蠢敢。

**卡索尼娅** 愚蠢不会杀人，它让人安分守己。

**卡利古拉** 愚蠢就是凶手，卡索尼娅。当愚蠢自以为受到冒犯的时候，就会要人性命。噢，那将要来刺杀我的人，绝不会是被我杀掉儿子或父亲的那些人。他们领悟了，和我站到了一起。他们的品味与我相同，可是其他人，那些被我嘲笑戏弄的人，他们的虚荣心却是我抵挡不住的。

卡索尼娅　（激烈地）我们会保护你，爱你的人还有很多。

卡利古拉　你们越来越少了，该做的我全做了。还有，公平地说，不仅愚蠢反对我，那些追求快乐之人的忠诚与勇气也会与我为敌。

卡索尼娅　（同上）不，他们杀害不了你。他们若敢如此，上天定会预先降下惩罚。

卡利古拉　上天！根本就没有上天，可怜的女人。（坐下）咦，为什么突然情意绵绵起来，咱俩平常不这样啊？

卡索尼娅　（站起来，踱步）当我看到你杀害别人，难道不足以明白你将被杀害吗？当我抱着躺在我身上的你，闻到谋杀的气味，难道不足以看见你的冷酷无情和撕心裂肺吗？每一天，我都发现你身上人的部分在一点一点死去。（转身走向他）我知道自己老了，容貌衰退。但是，由于替你担心，倒不在乎你爱不爱我。我只盼望看见你痊愈，你啊，还是个孩子啊。你面前还有整个人生。你想要的，还有什么比整个人生更重要的吗？

卡利古拉　（站起身，注视着她）你在这里的时间已经太久了。

| | |
|---|---|
| 卡索尼娅 | 是啊。可是,你还是会把我留在身边的,不是吗? |
| 卡利古拉 | 我不知道。我只知道你为什么会在这里,只因你我共度了那些寻欢作乐但并无欢乐的夜晚,只因你对我有所了解。 |

〔他伸出双臂搂住她,用手将她的头微微向后仰。

| | |
|---|---|
| 卡利古拉 | 我二十九岁,年龄不大。可是我觉得自己走过的道路实在漫长,我的人生满布尸体,如此完满,此刻只剩下你这最后一个见证人。对你这样老去的女人,我不禁怀有一股羞愧的柔情。 |
| 卡索尼娅 | 告诉我,你愿意把我留在身边吗? |
| 卡利古拉 | 我不知道,我只有一种想法,这种羞愧的柔情,是生活至今给我的唯一纯洁的感情,而这也是最可怕的。 |

〔卡索尼娅摆脱他的双臂。卡利古拉跟了上去。卡索尼娅后背依偎着他,又被他搂住。

最后一个见证人也消失了,不是更好吗?

| | |
|---|---|
| 卡索尼娅 | 没什么关系,我很高兴听你这么说。可是这种幸福,为什么我就不能分享给你呢? |
| 卡利古拉 | 谁告诉你,我不幸福? |
| 卡索尼娅 | 幸福是慷慨的。它不以毁灭为生。 |
| 卡利古拉 | 其实有两种幸福,我选择了杀戮者的幸福。我是幸福的。有一段时间,我以为达到了痛快的极限。其实不然!还可以走得更远。在这痛苦的尽头,是贫瘠而美好的幸福。看着我。(卡索尼娅转头面向他)这几年,全体罗马人都忌讳提德鲁西娅的名字,一想到这一点,卡索尼娅,我就哑然失笑。因为这几年,全罗马都误解了。爱情是不够的,这就是我那时悟出的道理。今天看着你,我仍旧深信不疑。爱一个人,就是接受和这个人白头偕老,这种爱情我无法接受。德鲁西娅会变老,倒不如早点死掉。别人总以为,一个人那么痛苦,是因为他爱的人一夕之间逝去了。实则他的痛苦要更深刻:那就是发现悲伤也不能持久,甚至痛苦也丧失了意义。 |
| | 你看,我并不给自己找理由,连一点点爱情、一丝忧郁的辛酸这样的借口都没有。如今,我比前 |

几年更自由了，我摆脱了记忆和幻想。(激动地笑起来)我知道什么都不会长久！领悟这个道理！在历史上，真正得到这种体验、实现这种荒唐幸福的人，只有我们两三个而已。卡索尼娅，这出引人入胜的悲剧，你一直观看到终场。对你来说，幕布该落下了。

〔他又来到卡索尼娅的身后，用小臂勒住她的喉咙。

**卡索尼娅** （恐惧地）这种恐怖的自由，难道就是幸福吗？

**卡利古拉** （用小臂慢慢卡紧卡索尼娅的喉咙）不必怀疑，卡索尼娅。没有这自由，我本来会成为心满意足的人。多亏了它，我赢得了孤独的非凡洞察力。(越来越亢奋，逐渐卡紧卡索尼娅的喉咙。她任其所为，并不反抗，双手略微往上抬。他附在她耳边说)我生活、杀戮、行使毁灭者的无限权力。比起这种权力，造物主的权力就像耍猴戏。这就是幸福，这令人不堪忍受的解脱、这目空一切的蔑视、鲜血、周遭的仇恨，这盯住自己人生的人绝

　　　　　　无仅有的孤独，这逃脱惩罚的凶手的无穷乐趣，这将人的生命碾成齑粉的无情逻辑，这就是幸福。（笑）卡索尼娅，这种逻辑也会把你碾碎。这样一来，我渴望的永世孤独就最终完善了。

**卡索尼娅**　（无力地挣扎）卡伊乌斯！

**卡利古拉**　（越来越亢奋）不，不要温情。该结束了，时间紧迫，时间非常紧迫，亲爱的卡索尼娅！

　　　　　　〔卡索尼娅发出垂死的喘息。卡利古拉把她拖到一张床上，让她倒在上面。

　　　　　　（迷茫地凝视着她，声音沙哑）你也一样，你曾是有罪的。但屠杀不是办法。

| 第十四场 |

〔卡利古拉神色惊慌,原地转了一圈,然后朝镜子走去。

**卡利古拉**　卡利古拉!你也一样,你也一样,你也是有罪的。其实,罪过只是有轻有重罢了。然而在这个没有任何人是清白的世界,在这个没有裁判的世界,谁敢判我的罪!(紧贴着镜子,声音极其悲痛)你看得很清楚,埃利孔没有回来,我得不到月亮了。可是,明明有道理,却又不得不走到末日,这多叫人难过!我确实害怕末日。听,兵器撞击的声音!清白即将取得胜利。我多么希望处于他们的位置!我害怕。原先还鄙视别人,现在轮到自己了。这懦弱的心灵,多么让人厌恶!不过,这也没什么,恐惧同样不会持续太久,我又会进入那巨大的空虚,在那里,这颗心将得到安息。

〔他退后两步,又走到镜子前,看上去平静了一些。他继续说话,但声音低沉而克制。

**卡利古拉** 一切看似那么复杂，又那么简单。如果我得到月亮，如果爱情足够，一切就都会不一样。可是，到哪儿能止住这渴望？对我来说，哪个人的心，哪位神明，能有一汪湖水的深度？（跪下，哭泣）无论在这个世界还是在另一个世界，没有任何东西能与我等量齐观。我明明知道，你也知道的。（哭着把双手伸向镜子）只要不可能的事情实现就行。不可能的事！我走遍世界的角落找寻它，还在自己的周身寻觅。我曾伸出双手，（喊叫）现在又伸出双手，碰到的却是你，总是你在我的面前。我对你满是恨意。我没有遵循应该走的路，最终一无所获。我的自由并不是好的。埃利孔！埃利孔！杳无音信！还是杳无音信。噢，今夜多么沉重！埃利孔不会回来了。我们将永远有罪！今晚沉重得像人类的痛苦。

〔武器声和低语声从幕后传来。

**埃利孔** （在舞台深处出现）当心，卡伊乌斯！当心！

〔一只隐蔽的手用匕首刺中埃利孔。

〔卡利古拉站起来,操起一张矮凳,气喘吁吁地走到镜子前,对着镜子观察,作势要向前一跳,朝着自己在镜中做着同样动作的身影,将矮凳飞掷过去,同时喊叫:

**卡利古拉** 历史见,卡利古拉,历史上见。

〔镜子被打破,与此同时,手持兵刃的谋反者从四面八方涌上,卡利古拉对着他们一阵狂笑。老贵族刺中他的后背,舍雷亚正中他的脸,卡利古拉的笑声变为哽咽,所有人都向他刺去,卡利古拉咽气前狂笑着、抽噎着、喊叫着:

我还活着!

——剧终

# 我为什么搞戏剧？

我为什么搞戏剧？我经常问自己。直到现在，我能想到的唯一答案，可能会微不足道得令你失望：这仅仅因为剧院是这世上能让我感到幸福的地方之一。

不过，请注意，这种反思并不像看上去那么平凡无奇。如今，幸福是一个敏感话题。人们倾向隐藏追求幸福的行为，甚至对自己也不坦诚，将幸福视为一场不切实际的芭蕾表演，要为观赏它寻找借口。有时我读到，那些全身心投入公共事务的行动派人士需要在私生活中寻求庇护。这种想法带着一丝轻蔑，不是吗？轻蔑，同时也必然是荒谬的。就我而言，我观察到许多相反的情况：有些人在公共生活中找到避难所，以逃避他们的私生活。强者在追求幸福这方面往往是失败者，这就解释了为什么他们温和不起来。

## 幸福与邪恶

当下感到幸福这件事就像生活在罪恶之中一样：你绝不能承认此事。千万不能罔顾邪恶，天真地说"我很幸福"。你马上就会从周围人翘起的嘴角上读到对你的谴责："哦，你很幸福，我的孩子！告诉我，你为克什米尔的孤儿和新赫布里底（现称'瓦努阿图'）群岛的麻风病人做了什么？他们可一点儿都不幸福！"好吧，那该怎么办呢？于是我们立即愁容满面。

然而，我还是更相信，为了真正帮助那些在苦难中的人，我们必须坚强且幸福。把自己的生活视为负担、不堪重负到被压垮的人，是无法帮助任何人的。能控制自己的情绪和生活的人，才可以更好地帮助他人。我曾经认识一个男人，他绝望于自己不爱妻子。有一天，他决定把一生都献给妻子（换句话说，就是过度补偿）。这个可怜女人的生活，如果此前还算尚可忍受的话，从那一刻起，就变成了绝对的地狱。她的丈夫开始沉迷于夸张地炫耀自我牺牲精神。如今就是这样，人们为之付出最多的恰恰是自己最不喜欢的人。这种令人阴郁的恋人，就算结婚了，也只能有最坏的结果。

在这种情况下，难怪世界看起来如此糟糕，也难怪很难为其描摹一幅幸福的画面，尤其是以作家的身份。尽管如此，我仍然尊重幸福和幸福的人；为了心理健康，我尽量多待在让我幸福的环境中，那就是剧院。与其他一些转瞬即逝的幸福不同，我在剧院的幸福已经持续了二十多年，无论我多想放弃，我都觉得自己离不开它了。1936年，我在阿尔及尔的一间舞厅里重组了一个已解散的剧团，上演了从马尔罗到陀思妥耶夫斯基再到埃斯库罗斯的各种戏剧。二十三年后，在安托万剧院的舞台上，我得以改编陀思妥耶夫斯基的《群魔》。这样罕见的忠诚，这样长久的沉醉，连我自己都感到惊讶。我想知道是什么原因造就了我这份固执的美德——或者说恶习。我发现有两种原因：一种与我的本性有关，另一种与戏剧的本质有关。

### 戏剧的私密性

我记得，我的第一个理由没那么花哨，那就是通过戏剧，我逃避了作家职业生涯中令我厌烦的事。首先，我逃避了我所称的"琐碎的拥堵"。假设你叫费南代尔[1]、布丽吉特·巴多[2]、阿利·卡恩[3]，或者更低调一点，保罗·瓦莱里[4]，不管怎样，你的名字会出现在报纸上。一旦你的名字出现在报纸上，拥堵就开

---

1 法国演员。
2 法国演员。
3 巴基斯坦的社交名流。
4 法国作家。

始了。邮件如潮水般涌来，邀请纷至沓来，按理说，这些都需要回复，所以你的大部分时间都用来拒绝浪费时间。你一半的精力就这样用在以各种方式说"不"上。这不是很愚蠢吗？当然很愚蠢。但这就是我们因虚荣而受到的惩罚，而惩罚者正是虚荣本身。与此同时，我注意到每个人都对戏剧工作充满敬畏，即使它也是一个虚荣的职业。你只需要宣布你正在排练，你周围就立刻形成了一片无人荒漠。如果你像我一样狡猾，白天甚至部分夜晚都在排练，老实说，这简直就是天堂。在这方面，戏剧是我的修道院。世界的喧嚣在它的墙根处消失；在它神圣的围墙内，在两个月里，一群发誓沉思一个问题、拥有一个目标的工作僧侣，与世隔绝，为将在某个晚上首次举行的仪式做准备。

"僧侣"这个词让你感到惊讶吗？一份老练的或幼稚的报刊（我不知道是哪一种）可能会让你把戏剧界的人想象成衣冠禽兽——睡得很晚，经常离婚！如果我告诉你戏剧界比那平凡得多，或者说戏剧界的人离婚率远低于纺织业、制糖业或新闻业，我无疑是在欺骗你。只是一提到戏剧界人士的离婚案，人们自然会口若悬河。这么说吧，莎拉·伯恩哈特[1]的情感生活比布萨

---

1 法国舞台剧和电影演员。

克先生的更能引起公众兴趣，这是完全可以理解的。然而，演员的职业需要运动员般的耐力和自制力。表演是一个很看重身体的行业，这不是为了某种放荡的目的，而是因为从业者必须保持健康的体魄。或许，要洁身自好的唯一办法，就是让洁身自好成为必须。

无论如何，比起我那些知识分子兄弟，我更喜欢戏剧界人士的陪伴，不管他们是否洁身自好。众所周知，知识分子很少讨人喜欢，他们彼此相处得也不太好。而且，我说不清为什么，在知识分子当中，我总感觉自己有什么地方需要被原谅；我总是有一种违反了圈子某条规则的感觉。这种感觉驱散了我的天性，没有天性，连我自己都觉得无聊。而在舞台上，我很自在。我不去想自身的存在，只与合作者为了共同的事业同甘共苦。我想，这就是所谓的友谊，这是我生命中最大的乐趣之一。在我离开一起办报纸的团队的那段日子里，我失去了友谊，但一回去搞戏剧，就又找回了它。

作家在孤独中工作，在孤独中接受评判，而且要在孤独中自我评判。这是不对的，也是不健康的。如果他的心理状态正常，他就会有想要看到其他面孔、感受人际温情的时候，这也解释了作家为什么会做这些事：婚姻、学术、政治。但是，这些权宜之计解决不了任何问题。他刚失去孤独就开始想念它；

他想同时拥有安稳的生活和汹涌的爱情；想成为学者，又想做非主流分子；如果从事政治，则希望别人代替他谈判和杀戮，前提是他保留谴责这些行为的权利。相信我，如今作家这份事业可不清闲。

戏剧提供了我需要的友谊，以及所有人和所有思想都需要的沉重责任和限制。在孤独中，作家称王——但统治的是一片虚空。在剧院里，他无法称王。他想做的事取决于其他人。导演需要演员，演员也需要导演。人们以恰当的谦卑和幽默感来认可这种相互依存的关系，在工作中团结一心，为友谊赋予实质性的内容。在这里，我们互相绑定，但没有人会失去，或者说完全失去自由。这难道不是未来社会的良方吗？

**戏剧工作的成果**

但让我们把话说清楚：演员，包括导演，和其他人类一样都会让人失望，尤其是当你放任自己爱上他们的时候。但这种失望（如果真是如此）往往发生在工作结束之后，每个人回归自己孤独的本性之时。在这个行当里，人们的逻辑思维能力并不强，他们认为失败和成功都会让剧团分崩离析。这其实没什么道理。真正使剧团分裂的，是希望的破灭，在排练期间，正是那希望将他们凝聚在一起。是首演之夜这个目标的临近，让他们在如此亲密的友谊中团结在一起。一个党派、一场运动、一个教会也是团体，但他们追求的目标迷失在了未来的黑夜中。在剧院里，无论结果好坏，剧团成员都将在一个已知的夜晚收获工作成果，每工作一天，就更靠近这个夜晚。一起冒险，一起逐梦，男男女女由此凝聚成团队，在那个翘首以盼的夜晚，当大局已定，这一切的美好与辉煌将达到无与伦比的顶点。

建筑行会、文艺复兴时期的集体画室，一定体会过参与大型演出的人感受过的那种兴奋。他们的成就在作品落成的那一刻得以永存，但一场表演则是短暂的。正是因为演出终会落幕，参与者才更爱它。我只在年轻的时候才体验过那样的友谊：那是一种强烈的希望与团结，伴随着漫长的训练日，一直到比赛开始的那天。我对士气的那点了解，都是在足球场和舞台上学到的，那才是我真正的大学。

戏剧也让我得以逃避困扰所有作家的那种空泛感。我当报社记者时，更喜欢排版而非写那些说教似的社论；同样，在剧院里，我喜欢让作品诞生于杂乱无章的聚光灯、舞台、幕布和道具中间。我不知道是谁说过，要成为一名优秀的导演，你必须"用双臂感知布景的重量"，这是艺术的一条重要规则。我热爱这个职业，它迫使我同时考虑人物心理、灯光或一盆天竺葵的位置、布料的质地、舞台上方悬挂的重型布景的重量和配重。

我的朋友马约为《群魔》设计布景时，我们一致认为必须先从实体布景（一间丑陋的房间、家具——简而言之，实物）开始思考，然后逐步将制作提升到一个更高的层面，不那么依赖实物。最后，我们会将装饰风格化。就这样，这部剧虽然结束于虚幻的疯狂，却是从一个具体的地方出发，承载着实质性的内容。这不正是艺术的定义吗？不仅仅是现实，也不仅仅是想象，而是从现实中腾飞的想象。

关于我为什么爱待在剧院就说到这里。但这是我从个人角度给出的理由，而作为艺术家，还有其他更加神秘的理由。首先，我觉得剧院是展示真实的地方。当然，人们一般称它为一个充满幻想的地方。别相信这种说法！说到底，其实是社会生活在幻想中。你肯定会发现，舞台上的蹩脚演员可比城里的少。举个例子，那些在时尚圈、管理层，或是彩排厅里崭露头角的非专业人员，把他们放在舞台上，再投射四千瓦的灯光，这出戏就会变得难以忍受。在某种意义上，你会看到他赤裸裸地暴露在真理的光芒下。没错，聚光灯的炽热是无情的，世界上所有的伪装都无法掩盖舞台上男男女女的真实身份，哪怕有妆容和戏服。我也绝对相信，即使是那些我认识很久、很熟悉的人，也只有在他们愿意和我一起排练和表演另一个世纪、另一种性格的作品时，才会真正彻底地袒露真实个性。那些热爱心灵之谜和隐藏在人类内心的真相的人必须来到剧院，正是在这里，他们永不满足的好奇心能至少得到部分的满足。是的，相信我，要让真相鲜活起来，就要把它搬上舞台。

## 舞台与文本

有时我被问道："你如何在生活中协调戏剧和文学？"诚然，出于必要或兴趣，我从事过许多职业，而且由于我一直是一名作家，人们必然认为我有办法协调作家与其他职业。我甚至觉得，一旦我同意只做一名作家，我就会写不下去。对于戏剧来说，这种协调自然而然地发生了；对我来说，戏剧是最高形式的文学，当然也是最普遍的。我认识并喜爱的一位导演，总是对他的编剧和演员说："你要为观众中的那个傻瓜写作或表演。"他并不是建议他们变得愚蠢或平庸，只是要他们与在场的每个人对话。事实上，对他来说，并不存在"傻瓜"，每个人都值得被关注。但是与每个人对话并不容易，你总是冒着目标太低或太高的风险。有些作家想把自己的读者群定位在公众里最愚蠢的人身上，相信我，他们非常成功。还有一些作者只想跟那些所谓的聪明人交流，他们几乎总是失败。前者延续了那种可以称之为"床铺史诗"的、非常法式的戏剧传统；后者则只是向哲学大杂烩中投入了几片菜叶而已。另一方面，当一位作家成功以简洁的语言向所有人讲述自己的主题，同时对他的主题还保持着勃勃雄心时，他就是在为真正的艺术传统服务；他仅用一种情感或一个笑声就将观众里的所有阶层和所有精神凝聚在一起。只有真正伟大的人才能做到这一点。

我也被问道（请相信，这种关心让我受宠若惊）："为什么你要改编剧本，而不是写自己的戏剧？"我写过自己的戏剧，我还会继续写。我也会提前认命，在创作剧本时，为问这个问题的人提供一个还是希望我改编剧本的理由。我在创作自己的剧本时，是作为作家在按照一个宏大的、全面的计划工作。我在改编时，是作为导演，根据自己对戏剧的理解在工作。事实上，我相信由同一个灵魂构思、启发和制作，以及由同一个人编写和导演的完整演出的优势。这种方法使得调子、风格和节奏的统一成为可能，这构成了一场演出的绝对必要因素。而我可能比其他人更自由灵活地追求这一点，因为他们不像我这样，既是作者、剧作家，又是导演。简而言之，我是文本的仆人（翻译、改编或其他），但它们被搬上舞台前，我保留作为导演的需求，拥有塑造它们的权利。换句话说，我与自己合作，这一事实消除了编剧和导演之间的摩擦。我做这项改编工作时完全没觉得被贬低了，并且只要有机会，我就会继续这么做。只有在我同意上演那些可能通过低俗手段取悦观众的演出时，我才会觉得自己违背了作家的职责，这种类型的演出还非常成功，过去你在我们巴黎的舞台上经常能看到（现在也仍然可以看到）。

### 迎接挑战

也许不久之后，我就无法再为戏剧中我爱的东西服务了。这个要求颇高的职业的高贵之处正受到威胁。不断上涨的成本和专业剧团的官僚化正在一步步将戏剧推向更深的商业化。太多这样的商人更多是以他们的无能而不是其他任何方式获得光彩，他们无权独占神秘的仙女教母交给他们的经营特权。就因为这样，这个宏伟的地方可能变成一个肮脏之处。

这是放弃战斗的理由吗？我不这么认为。剧院楼座之下，舞台幕布之后，始终潜伏着艺术和娱乐的灵魂。它不会死，它阻止这一切的迷失。它等待着我们每一个人。我们有责任确保它得到表达。我们必须防止这一灵魂被商人和流水线制造商驱逐。作为回报，它会让我们保持活力、保持良好而稳定的心态。接受和给予——这不就是我在开始时所说的幸福和至真至纯的生活吗？我们需要生活本身的强大和自由。

让我们开始准备下一场演出吧。

# 译后记
## 荒诞、幸福，以及作为装置的逻辑理性

在写作《卡利古拉》之前，加缪曾在《笔记》中讲述了这样一个故事：某个生活在痛苦与不幸中的人，他每天晚上都会把手枪放在案头，工作结束后，他将手枪顶在额头上，感受死亡逼近带来的无力感。但他从未真正开枪，反而是在这番操作后，感受到某种夹杂着虚弱与苦涩的幸福感。他喘息着承认自己的软弱与怯懦，承认自身对软弱的臣服。可是，忽然在某一天，发生了一件不起眼的小事——他的一个朋友和他说话时心不在焉，他回到家便自杀了。仿佛是逃脱了某种命运的裹挟，在它某一次偶然的疏漏之处，这个人用看似最荒诞的理由，为自己的决定找到了能够合乎逻辑理性的辩白。这个小故事后来成为小说《快乐的死》中萨格勒斯死亡的预演。这位失去双腿的主人公把活着当作一种"行动和爱

和受苦"[1]的集合体,他理性分析自身难以摆脱的处境,并最终精心策划了自己的死亡:在紧临壁炉的小矮柜里,放着一个带钥匙的泛黄钢盒,里面有一封白色的诀别信和一把黑色的手枪;每当那剥夺了他人生的悲剧令他难以承受时,他就把这封信摆在面前,让冰冷的金属枪口在印堂和太阳穴间游走,整个人沉浸在这种随时会冒出死亡的感觉里。某天他邀请梅尔索来到自己家,循循善诱地向他揭示金钱之于人生幸福的意义,并展示他放在手枪旁边的纸钞。终于在某一天,梅尔索不请自来,而他也终于流着泪,平静地走向自己的死亡。

加缪有句流传甚广的话,他说:"自杀是唯一严肃的哲学命题。"但他也在《西西弗神话》中重新告诉我们,人很少会在深思熟虑后自杀,触发危机的往往是某些看似不起眼的小事,它发挥着生物或化学反应中催化剂的作用,加速了尚处于悬而未决状态的痛苦与厌倦,从而使人走向绝路。在加缪看来,自杀代表了一种承认,它承认活着的毫无理由,承认日常生活的荒谬,承认痛苦的无意义,承认作为人生底色的荒诞。对他而言,世界本身之于人是不可理喻的,而荒诞则成为人与世界之间唯一的联系,它的产生,在于"人类的呼唤和世界无理的沉默之

---

[1] 加缪,《快乐的死》,梁若瑜译,上海:上海文艺出版社,2016年,第41页。

间的对立"[1]。简而言之，荒诞并不在于人，也不在于世界，而恰恰在于两者的共存，是人类对整体性、有序性和逻辑理性的天然追求，与世界的碎片化、无序性和随机性的对立，因此在某种程度上，死亡的确可以结束荒诞，但死亡绝非人能够用以结束荒诞的方式。

卡利古拉透过德鲁西娅朝夕之间的死亡看出了命运的不可捉摸，世界并未能如我们所愿般遵循它的规律和逻辑。加缪所说的荒诞，代表了世界本质的随机性和非理性。科学告诉我们，如果将原子视作物质的基本单位，就会发现少数几个原子之间的事件不符合任何已知的定律，只有大量原子组合在一起，统计学定律才发挥作用。原子数量越多、统计学定律的精确性越高，事物才越显现出秩序性。今天我们对这种不确定性有着更深刻的体会，经历了形而上学统治的世纪，走过理性主义、整体主义和普遍主义构成人类追求最高理念的时代，完整性的遥不可及仍旧常常引发人对于自身存在的质问。尽管黑格尔将对整体性的渴望视作人类的天性，它却是永远无法实现的。我们似乎必须承担这种不完整感，承担我们的无知以及自身的局限，接受整体性理念的存在以及整体性的遥不可及。种种悖论构成

---

[1] 加缪，《局外人　西绪福斯神话》，郭宏安译，南京：译林出版社，2021年，第135页。

了人类生存的根基。

作为集中体现了加缪荒诞主义思想的作品,《卡利古拉》与《局外人》《西西弗神话》存在同样的逻辑前提,即人的存在被悬置,这剥离了生活预先赋予人的东西,促使人思考自身存在的合理性。卡利古拉肆意嘲笑谨慎的命运,在没有灾难、残杀、政变或瘟疫的年代,他让自己扮演瘟疫的角色。化身神明并不是由于暴君的无知和肆意妄为,而恰恰是为了加速命运无常的进程,让后者如雨点般公平、随机地落在每个人的头顶。卡利古拉的死亡是一场预先的安排,但同萨格勒斯一样,在他无限向死亡靠近的过程中,并不知道最后一刻何时会到来。他再一次将生与死的选择悬置。这种濒死的体验其实也是对人生不确定性的触碰,在这一过程中,他真切地感知死亡,并且体验到一种无序、随机的快乐。生死悬置,代表了某种对确定性的拒绝。然而我们或许会疑惑,在他实施那番伟大事业时,是否曾有过一丝担心?加缪似乎给了我们答案。虽然卡利古拉嘴上说一切都是无所谓的,在这个没有裁判的世界,每个人都一样,所有的罪恶都相同,但最后他发出了轻轻的叹息,因为如果末日真的提前到来,他就再也得不到月亮了。他叹息自己同样懦弱的心灵,但也明白一切终将归于空虚。只是可惜他再也得不到月亮。

与萨格勒斯不同的一点在于,卡利古拉的死多了一些革命性。如果接受了加缪的逻辑，我们会发现卡利古拉的疯狂就在于，他知道一切的遥不可及却仍然希冀改变，从而赋予这场伪装成谋杀的自杀以某种启蒙的意味。在皇帝毫无节制的疯狂念头里，倘若自己不能改变事物的秩序，不能让太阳从西边升起，不能减轻人间的痛苦，不能使人免于一死，滔天的权力之于他甚至没有任何意义。他眼中的自己是整个王国里唯一自由的人，当他看到臣民生活在毫无希望中，却对这种毫无希望没有察觉，便决定毫无节制地使用这种自由、肆意剥夺臣民人生的意义与生存的理由。出于这一动机，他做出了许多令人匪夷所思的荒唐行径，譬如终日在郊外游荡，逼着贵族们整晚跟在他的轿子周围跑；譬如没收帕特里西乌斯的财产，杀害西皮翁的父亲、勒皮杜斯的孩子；譬如夺走奥克塔维乌斯的妻子，让她在他的妓院里接客。林林总总，他通过让没有缘由、随机掉落在每个人身上的厄运，来挑战他们本就建立在海市蜃楼上的安全感，他似乎在不停地逼迫他们，激发他们身上的恶，向他们的卑劣与怯懦挑衅。他迫使所有人思考，思考幸福的虚幻、思考人朝不保夕的处境。这也是他招致那么多仇恨的根本原因，因为他揭示了安全感的毫无根基、放大了人与世界的关系之荒谬，使人看到所有尊严、道德、尊卑等级、社会秩序其实都是一种先在的"装置"。去掉所有这一切，他迫使人们接受生活本来的样子。

　　幸福是加缪常挂在嘴边，也常借人物之口探讨的话题。对加缪而言，幸福绝对是值得人去追求的东西，但也确实是人所不可得之物。我们从不能将加缪视作悲观主义者，但他的确可能是不可知论最坚定的拥护者。在爱人死去后，卡利古拉忽然产生了一种想法，他想要得到不可能得到的东西，并把这种欲望当成摆脱人生痛苦的手段。在卡利古拉那里，月亮和幸福或永生一样，他知道得到它是一种癫狂的奢望，但只因它是这个世界所没有的，反倒成了他坚持到底、苦苦追寻的，并且这种对于实现不可能之事的追寻贯穿了戏剧的始终。对卡利古拉或者加缪而言，实现不可能之事究竟意味着什么？加缪曾经引述卡夫卡那个关于疯子在澡盆里钓鱼的故事。一位对精神病治疗很有心得的医生问这个病人："咬钩了吗？"病人却正色答道："没咬，笨蛋，这是在澡盆里呀。"故事的荒诞效果在于，理性的王国被颠倒了，逻辑以一种怪异的方式揭示了自身的偶然性。卡夫卡的世界是一个随机的，或阎连科所谓零因果的世界，人满怀痛苦地在澡盆里钓鱼，同时也知道自己什么都钓不出来。在这里，医生和病人的身份似乎被倒置了，假装病人思维的医生反而落入了某种表象的陷阱。就像当我们去看加缪笔下的人物，当我们以为自己正努力探究人物精神世界的因果时，却不知后者正发出洞悉一切的哂笑。

无论是寻求宇宙本源及客观理性的古希腊哲学，还是以笛卡儿、康德与黑格尔为代表的强调本质主义与主体理性能力的近代哲学，似乎都没有跳脱出某种形而上学的本体论意义的窠臼。受到语言革命的启发，现象学、存在主义与阐释学造就的语言哲学转向终于使人意识到，在人类思维的外壳之上，似乎还存在着某种制约它的东西，那就是作为思想的语言本身。于是语言与逻辑理性一起，共同构成了我们生活的空间、规章、话语、以及所有生活中自下而上权力意志的实现网络，并且在某种程度上支配了人类的命运。人类对此的毫无察觉甚至安之若素引发了卡利古拉巨大的不安，整个世界似乎变成莎士比亚笔下最大的监狱——对卡利古拉来说，罗马自然是其中最坏的一间。这个结论不仅源自他对命运真相的洞悉，也在于他看到的以子之矛攻子之盾的无力。系统内部的批评无论再深刻，似乎都只是自体免疫的自欺，于是他放弃了语言、秩序、理性以及所有先在的一切，简而言之，他放弃了"模型"。他成了人人口诛笔伐的"暴君"，虽然这个称谓细究起来，也不过是一种偷懒的"装置"或"模型"，而后者永远是错误的，也不尽然是有用的。为了揭示理性"装置"的不可理喻，卡利古拉将逻辑推演到极致，在此我们引用两个片段：

其一。

因为往民用必需品价格里偷偷塞间接税并不比直接窃取民财更高尚，于是卡利古拉认为他明火执仗的掠夺也不算太过分；因为如果臣民不看重金钱，那么财产上缴国库自然是合乎逻辑的选择。若是他们把金钱看作一切，就不能不同意这种推论，即相比国库，人命不那么重要，于是处死他们的决定也无可指责。

其二。

梅勒伊亚有当着卡利古拉的面喝解毒药的嫌疑，这或许是因为梅勒伊亚害怕被卡利古拉毒死，于是总在暗中窥视防备。因此，如果梅勒伊亚吃的真是解毒药，那就是怀疑卡利古拉有意毒死他，这就构成了两条罪状——或者是卡利古拉并不想杀他，他却错误地疑心自己的皇帝；又或者，卡利古拉要处死他，而他这个逆臣竟公然违抗旨意。以及，第三条罪状，他把皇帝当成傻瓜。卡利古拉得出结论：这三条罪状中，只有一条对梅勒伊亚而言是光彩的，那就是第二条。即他猜想到皇帝的决定，并服下解毒药，这意味着他的反抗。卡利古拉很爱梅勒伊亚，因此决定按第二条罪状将他处死。最终，梅勒伊亚唯一的出路便是慷慨就义，尽管事情最初的起因只是他多喝了一口哮喘药。

157

在以上两个片段中，卡利古拉都遵循了某种逻辑，并让人看到这种逻辑会导致他们付出多大代价。"确定性以显明来反映自身：显明，是一种谎言的朦胧忆影；确定性是这朦胧忆影的结果。"[1] 如同象征主义诗人马拉美对偶然的赞颂，在偶然面前，否定和肯定都停滞了，偶然包含绝对，而绝对是将存在置于无限的所在。马拉美让伊纪杜尔在进入坟墓前通过掷骰子完成从偶然到必然的转变，偶然被否定，疯狂（荒诞）成为必然。因为无论最终结果如何，"偶然"都"必然"实现。卡利古拉的喜怒无常让生死对于臣民而言处于一种随时可能会坍塌的悬置中，而任何一种结果似乎都被欣然接受，因为它开启了无限。矛盾的是，即使谋杀已经被实现，结局却似乎仍处于未定之中，似乎他看到的不是自身，而是整个世界，以至在剧终前发出了那一声响彻历史的大喊。当所有人都向他刺来的那一刻，皇帝忽然狂笑着、抽噎着、向着不知何处的虚空宣告：

他还活着。

甘露<br>2024.7.12

---

[1] 马拉美,《马拉美诗全集》,葛雷、梁栋译, 杭州：浙江文艺出版社, 1997年, 第299页。